낯선 풍경

신 을 소 시집

인문엠앤비

낯선 풍경

신 을 소 시집

시인의 말

또 한 권의 시집을 묶습니다.
첫 시집에 설레던 가슴은 이미
제 몸에 남지 않은 듯하지만
그래도 시집을 묶을 때마다
늘 기쁨과 두려움이 혼재된 새로운
감정의 파랑波浪으로 가슴 속을 채우기도 합니다.
이미 들켜버린 제 사유의 경계나
감성의 파장을 과장하거나
호도할 생각은 없습니다. 다만
일상의 삶과 초월적 가치의 접점을 찾아
서툴지만 정직하게 어눌한 언어의
유희를 즐기려 합니다. 들리는 대로 들어주시고
보이는 대로 바라보면서
너그럽게 헤아려주시기 바랍니다.
곁에서 묵묵히 지켜봐 주는 가족들과
책이 나오기까지 수고해 주신 분들에게
머리 숙여 감사의 인사를 전합니다.

2023년 8월 8일
신을소

| 차례 |

시인의 말 - 5

1

첫눈	12
나그네	13
강릉 옥계 해변	14
새 길을 낸다	16
선물	18
파도	20
손녀 이야기	22
어느 미술관을 찾아	23
바닷가에서	24
매실청	26
연꽃	28
여름 날씨	29
맛과 소중한 것	30
낯선 풍경	32
Singapore에서 그녀	34
끈	36
송어 양식장	38
보리밥집에서	40
너와 나	42
빗길을 나서며	44

인연의 끈   46

감사   48

저녁노을   49

참새   50

집안일   51

두릅나무   52

단호박   53

겨울 저녁 한때   54

꽃샘바람   56

바람의 집   57

기침   58

아침   59

내가 나를 모르겠다   60

도문의 할머니   62

초음파 사진   64

또 하나의 영상   66

어느 날 아침에   67

오월에   68

어머니   70

섬   72

2

3

어느 날 바닷가에서　　　74

손녀　　　76

그리움　　　77

깊은 잠에 빠진 기도　　　78

맞바람 소리　　　80

이 비 그치면　　　82

너는　　　84

폭우　　　86

소식　　　88

눈빛　　　90

그 길　　　92

산　　　93

나의 기도　　　94

사랑의 중력　　　96

꿈　　　98

어떤 춤꾼에게　　　100

아침 식사 기도　　　102

새해의 기도　　　　　　104

엄마와 딸　　　　　　　108

나무뿌리 옆에서　　　　110

승용차 시동을 걸다가　　111

와와 네　　　　　　　　112

나의 천사　　　　　　　114

메시지　　　　　　　　　115

문학기행 가는 날　　　　116

학위　　　　　　　　　　118

어머니 집 가던 날　　　　119

기다렸습니다　　　　　　120

석송령石松靈　　　　　　121

입맛　　　　　　　　　　122

숲속의 마을　　　　　　　123

텃세　　　　　　　　　　124

중환자실　　　　　　　　125

다행이야　　　　　　　　126

어떤 여인　　　　　　　　127

숲의 고향　　　　　　　　128

4

5

스승님의 거울   130

그의 삶   138
　ー권정생 선생 생가에서

바탐Batam 섬   142

마장 호수가는 길   145

그날   147

다산 정약용 선생의 생가를 찾아서   149

시작노트

신을소 | 아무랑 즐기는 수다의 미학   155

1

첫눈

어둠에 저항이라도 하듯
하얗게 내리는 눈송이
모두가 잠든 새벽 소록소록
눈이 내린다

언제부터 내렸을까
대지의 형상을 지운 눈밭 위에
까만 눈썹 수라도 놓으면
살포시 뜨는 눈망울, 긴 겨울 잠들기 전
새봄을 예고하는 계절의 마지막
눈짓이라도 볼 수 있을까
아침이슬 머금은 풀꽃처럼
촉촉하게 빛나는
그 눈빛으로

첫눈이 찾아왔다
내 어린 설렘과 함께.

나그네

우린 그렇게 만났고 조금씩
잃어가고 있다

노을 끝자락이 석양에 이끌리듯
하루를 닫으면 어느덧 내일이 열리고
영원한 만남이란 없는 것

이별이란 다만 공유하던 공간의 어긋남
예정에 없는 필연의 발걸음
그렇게 만났다 잃어가고 있는

사랑했던 기억도 아파하던 지난 일들도
살면서 한 번쯤 앓는 심한 열병처럼
그렇게 바람처럼 왔다가
바람으로 지나가는 우리

언제나 타인
한 번도 주인이었던 적 없는.

(2002.11.)

강릉 옥계 해변

새벽 바다는
곰살궂게 속살거린다
12층 전망대 창가에서 바라본 해변
무슨 말을 내게 걸어오고 있는지 알아들을 수 없지만
계속 손짓하며 다가오는 물살을 가로질러
내 시야에 들어차는 새벽안개

영화에서 보던 유령처럼
긴 꼬리를 휘저으며 춤판을 펼친다
짙었다 엷었다 현란한 춤사위에 맞춰
살짝 속살을 보이다가 다시 희뿌옇게 덮어버리는
하늘 저 멀리 나르는 기러기 한 쌍
본 듯 아닌 듯

내 온 생이 안개 속인 양
지나온 발자국이 모두 지워지는 느낌이다
절박했던 감각의 조각들만 남아 있고
줄거리는 모두 사라져버린 지난밤 꿈처럼

모두 잊어버리고 살라는 듯
속살거리는 물결의 전언

이 안개 걷히면 새 신발 하나 장만해, 다시
새 발자국을 새겨가야 할 것 같다.

새길을 낸다

자정이 지난 시간
책을 읽다가 서성이다가 붓을 잡는다
먹물을 접시에 따라 붓고
하얀 화선지를 펼친다

먹물을 듬뿍 찍어 붓을 다듬은 뒤
화선지만 알고 있는 잃어버렸던 선을 찾아, 천천히
붓의 행진을 따라간다

길을 가다 보면 한 점 한 점
그리움도 찍고, 미움도 찍고, 아쉬움도 찍으면서
꽃 피우고, 잎들이 돋아난다, 때로는
붓의 반역에 먹물의 범람
다시 화선지를 펼치며
새길을 찾아간다

그렇게 나의 길도
다시 시작하고 싶다

오색으로 물드는 저녁노을처럼
아름다운 생을 살다가
언젠가는 마무리하는.

(2005.8.)

선물

주고받으며 산다는 일은
그만큼 서로에게 관심이 있다는 것

평소 나누기 좋아하는
그녀에게
작년에 우리 집에서 손수 담근
매실청을 넘치지 않도록 밀봉하여
찾아가는 길에
됫병에 담아 건넸더니

되돌아온 것은
아무에게도 나누어 준 적 없이 아낀다는
7년 묵은 2홉들이 병에
가득 담은 조선간장 두 병

포장을 열고 보니
너무 가득 담긴 탓에 흘러넘쳐
넘치도록 복을 주시겠다던 약속의 말씀처럼

집안 가득
진동하는 간장의 향내

어머니 마지막 뵈러 갔을 적에
어서 가져가라고 어서, 재촉하시던
그 간장
내 온몸에 스며드네

자식에게 베푸는 어미의 배려까진 아니더라도
서로 나누며 사는 일, 하늘도 감동한 듯
장마철 햇볕 한 아름
빨랫말미로 건네주네.

파도

이른 새벽 죽변 바닷가
불어오는 바람에 더위 식히며
밤새 휘휘 돌아 오르내리던
등대의 불빛

어둠에 꽃수를 놓으며 바다를 지키더니
이제 잠에 빠졌나 보다
철석 철석
바다 위에 떠가는
뱃고동 소리마저 안으로 삼키며, 바위에 앉은
내 등짝을 위협하듯
뭍으로 뭍으로 바닷물을 퍼 나르는
시지포스의 몸짓

사는 일은 늘 그런 거라고
눈앞의 현실이 전부이듯 마음 써온 일들, 그
부질없음의 지난 일들은 잊으라고
바람 한 마당 지나고 나면

아무런 일 없었던 듯 잠잠해질 바다

파도는 파도일 뿐
오늘의 파도가 내일의 파도는 아니라면서
내 등짝을 다독거린다.

손녀 이야기

어떻게 생겼을까
나와는 아직 대면치 않은 손녀
아직은 인큐베이터에서 할딱할딱 숨 쉰다는
핏덩이 생명

이제는 제대로 잡혔을까,
무엇이 그리 급해
여섯 달 만에 어미 태에서 세상으로 나왔을까,
남보란 듯 살아보겠다고
산천초목도 숨을 죽이고 있다가
봄을 태동하는데

마음껏 숨을 쉬어라,
하늘을 향해 가슴을 활짝 펴고
넌 이젠 자랑스러운 이 나라 시민으로
우뚝 서서 일찍 부른 그분의 큰 뜻 실현하리니
고맙고 고마우신 그분께
감사와 찬양….

어느 미술관을 찾아

파주와 양주 사이 거기
기다리는 사람은 아무도 없었다
다만 지나간 흔적뿐

비가 내리고 세찬 바람이 불고
휘어지는 나뭇가지들
빗물에 씻겨 더욱 싱싱한 모습으로 방문객을 맞는
사월의 푸르른 잎새들
불어대는 바람에 한들한들 손짓하고

공원과 미술관 사이 아치형의
다리 밑으로 개울물은 좔좔 흘러
제 갈 길을 찾는 사이
사열하듯 우뚝 선 채 철제 조각상들이
말없이 방문객을 맞는다

하나님이 주신, 싱그러운 숲의 향기
화폭에 갇히기를 거부하는 그림이
더욱 해맑다.

바닷가에서

무슨 사연이기에
예까지 와서 혼자 술을 홀짝이고 있을까
햇볕 쨍한 대낮에
저 멀리 죽변항을 등지고
바다에는 지나는 배 한 척
보이지 않는다

한적한 바닷가 바위에 앉아
소주병으로 나팔 불고 있는
저 여인
곁에 버려진 빈 병마저
바람을 불러 휘파람 협주, 한창이다

저 넓은 바다의 뜨거운 가슴으로도
품어 줄 수 없는
사람이라서 사람들과 엮어가는
서사 한 도막
파도마저 숨죽인 채

언어가 소멸한 자리에서 비로소 발화되는
그 말을 읽고 있다

의도치 않고 바라본 내가 민망해
바닥 자갈만 걷어차며
가던 길을 서두른다.

매실청

해마다 유월이 오면
노랗게 익어가는 매실

일삼아 거름 주고 풀 매지 않아도
백매, 홍매화 다투어 피고 지더니
가지마다 돋아난 새순 더불어
동글동글 모양 지어가는 열매들

올해도 어느덧 매실의 계절, 지금부터 슬슬
빈 항아리는 깨끗이 씻어 말리고
재료도 미리 마련해 두어
매실청 담글 준비를 해야겠다,

아무 음식에나 잘 어울려
맛을 내는 데 없어서는 안 될 조미료
옛날엔 매실이 잘못되면
집안 망할 징조라고까지 했다는데

〉
나도 누구에게나 맛과 향이
배어나도록 살아갈 수 있을까.

연꽃

그대 가슴에 뿌리내리고
흐르는 듯 흐르지 않는 물살에
한 올 한 올 마음 담아
씻기고 씻기면서 예 섰다

연못 속에서
꽃 피고 지고 수 세월
햇살 받으며 때로는 비바람 불어와도
꽃망울 망울을 맺어
떠나지 못하고 그 속에
자그마한 집 한 채로 서성이다가
때로는 날아가는
흰 물새를 부러워도 하고

우뚝 선 자리, 이제는 여기가 낙원같이
벌 나비 불러 친구삼아

살아야겠네
노래 부르며.

(2006.3)

여름 날씨

개었다가 흐렸다
한바탕 소나기 춤이라도
보여줄 듯

짐작할 수 없는 모습의
여름 한낮

헤헤거리며 안기어와서, 금세
뽀로통하게 돌아앉아,
아무도 못 말리는

네 살배기 손녀의
저 표정.

맛과 소중한 것

중화요리 음식점을
40년이나 경영했다는 부부
북한산 아랫마을에 자리를 잡고
근근이 이어가는 음식점

맛있다는 소문 듣고 찾아온 손님에게
혹여 방송에라도 알려지면 안 된다고, 한사코
손사래 치는 부부

손님이 많아지면
정성이 부족해져
음식 맛이 떨어질 수 있다는

돈 많이 버는 것보다
자신들의 정성이 담뿍 들어간 음식 맛으로
찾아 주는 손님을 진심으로
대접하고 싶다는

〉
그들만이 추구하는 진정한 맛은
참된 삶의 진실,

썩고 병든 것들의 소식으로 차고 넘치는 세상, 그래도
이 땅이 아직 살 만한 곳이라고 불리는 이유
조금은 알 듯도 하다.

낯선 풍경

아이가 핸드폰에서
보여주는 사진 한 장

외국 어디쯤에서나 볼 수 있을 듯한,
서울 한복판에서 펼쳐지는
그것도 장시간 줄을 서서 기다려야 맛볼 수 있다는
십만 원 넘는 햄버거 한 개의 값

몇백 원이라도 아끼려 재래시장이나 마트를
이리저리 순회하며 장을 보는
소시민들 지갑으로는 상상할 수 없는
우리네 일상의 삶이 굴절되는 분기점
늘 일방통행 하는 돈의 속성 탓일까,
하기야 달나라 여행을 가기도 하는데

근검절약이 미덕이던 우리네 살림살이, 이젠
소비가 미덕이라고
광고마다 '무엇이 달라도 다르겠죠'

끈질긴 유혹의 몸짓은 멈추지 않겠으나
내 좁은 가슴으로는 아무래도
그 햄버거 가게를
찾아갈 일은 없을 것 같다.

Singapore에서 그녀

겨울이 없는 나라에선 때론
겨울옷과 외투가 그립지만
입을 기회가 없어 아쉽다는 그녀

겨울 눈 내리는 광경을 구경하기 위해
모처럼 고국을 찾아왔었다는
막상 보고 싶었던 눈 내리는 광경은
보지도 못하고 하루하루 출국 날짜에 쫓기다가
서운한 마음 달래려 찾아간
강원도 어느 스키장

하얗게 뿌려 놓은 인공 눈 위에
눈썰매를 타고 신나게 미끄러져 보았다는
감출 수 없는 그녀의 가슴 한편에
보듬어 재워둔 이국땅에서의 추억

여행길에서 비로소 인식하는
뚜렷한 사계절의 갈피갈피 채워온

이 땅에서의 서사, 그리고
멀어지면 멀어질수록 선명해지는 그 이름
내 조국.

끈

내 진정 너를 사랑하니
너도 나를 생각하리라 믿는다

너의 사정 구석구석까진 다 알 수 없지만
우리 대화는 이어졌고
어쩌다 전화선의 탈주로 잠시 끊긴 적 있으나
장기간 해외여행으로 떠나 있어도
늘 교감하는
그리운 아가야

그리움 접지 말고
강물을 쳐다보고 산을 바라보듯이
눈 감아도 떠오르는 선명한 너
하늘 아래 땅을 밟고 사는 동안 진실 하나로
어떠한 말도 필요 없는 믿음 안에서
세상 앞에 설 수 있기를

새 아침이 다시 밝아오듯 그렇게

언제나 다시 샘솟는 마음, 그 사랑의
긴 끈을 놓지 말자.

(2005.11.)

송어 양식장

산과 산들이 이마를 맞댄 정선의
어느 송어 양식장

산 좋고 물 좋은데 샘물까지 저절로 솟아
송어 양식에 최적이라는 그곳
알에서 깨어난 순서대로 크고 작은 송어들
떼를 지어 헤엄을 치고

그 고을 원님까지 함께한 자리에
정성을 가득 담아
만남을 위해 베푸는 오찬의 자리

주최자의 인사가 끝나고
참여자들의 덕담이 오가며
먹이 주는 시간 팔딱거리는 송어만큼이나
사람들의 활기가 가득 찬 모임

생명을 위해

다른 생명이 길러지는 현장에서
그 생명의 소모를 즐기는 인간이라는 동물, 갑자기
내가 무섭다.

보리밥집에서

이른 저녁에 찾아간
보리밥집
음식이 나오기를 기다리는데
홀 가운데 있는 테이블에서 갑자기
큰소리로 터져 나오는 중년 여인의 목소리

고등학생쯤 남자아이와 엄마인 듯한 그 여인의 식탁에는
이미 차려진 밑반찬과 소주병 2개
마음 쓰지 않아도 자연스레 들리는 소리
무언가 잘못을 저지른 아들을 훈계하는 듯한데
술김인지
침묵하고 있는 아들에 대한 불만인지
잊을 만하면 간헐적으로 분출하는 그녀의 고성

나와는 아무런 상관이 없는 일인데도, 공연히
가슴이 두근거리고 불안해져
앉아 있기가 거북하나
주인도 잘 아는 단골 처지에 그냥 나올 수도 없어
분풀이하듯 마침 나온 보리밥을

비비기보다 짓이기는 사이, 또다시
날아드는 미사일의 굉음,

식당 종업원까지 나서서 눈치를 보이는데도
잠시 조용해지는 듯하다가, 이번에는
'니 애비'까지 소환되어 몰매를 맞는다
세상 어느 자녀인들
어머니 걱정에서 벗어날 수 있을까만
안방으로 가야 할 말 꾸러미가
대중식당으로 잘못 배달된 듯하여
참으로 민망한 그림이다

어느새 빈 밥그릇
내가 밥을 먹었나,
밥이 나를 먹었나,
밥값을 치르고 나오는 길
주인아주머니가 다가와 귓가에 대고 속삭인다
"요즘 젊은 엄마들 다 저래요."

너와 나

가지 않아도 될 길이라면
돌아서는 법이다

기다려도 오지 않는 버스정류장에서
시간은 자꾸 지나는데
갑자기 울리는 전화벨 소리

누군가에게 전할 선물이
필요하다는 그 친구 부탁에 혹여
근처에서 구할 수 있을까 싶어
사방을 둘러보나 눈에 띄는 게 없다

기다리는 버스는 오지 않고
갑자기 무리한 부탁을 한 그 친구
잠시 작별을 해야 할 것 같다
그 일은 나 아닌 너의 몫

나섰던 길 접고 돌아서서

길바닥만 내려다보고 걸어가는데
내 머리 위를 촉촉이 적시며
살포시 덮어 주는, 는개 비

참 잘했다, 칭찬이라도 하려는 듯, 보슬보슬
내 온몸을 품어 준다.

빗길을 나서며

너를 만나러 가야겠다. 아무리 빗길이나 눈길이라도 머나먼 낯선 나라에 갔다가 얼마 만에 돌아온 아이, 그간 얼마나 성숙해졌을까, 그곳에서 서양 음식만 먹다가 여기 음식은 먹어 보기나 했을까, 세차게 비가 쏟아진다 해도 가봐야겠다. 얼굴은 얼마나 야위어졌을까, 아니면 포동포동 살이라도 올랐을까, 말도 안 통하는 그곳에서 잘 지내고 돌아왔다니 얼마나 고마운 일인가,

어린 것이 이제 커졌다고 유럽의 낯선 나라들, 여기저기를 안내도 없이 두루 돌아보고 오다니 대견하구나. 할머니 소리가 그리 달갑지는 않았는데 이제 이쯤에 와서 돌아보니 나도 영락없이 늙어가는 걱정 많은 할미다. 내 사랑 아가야.

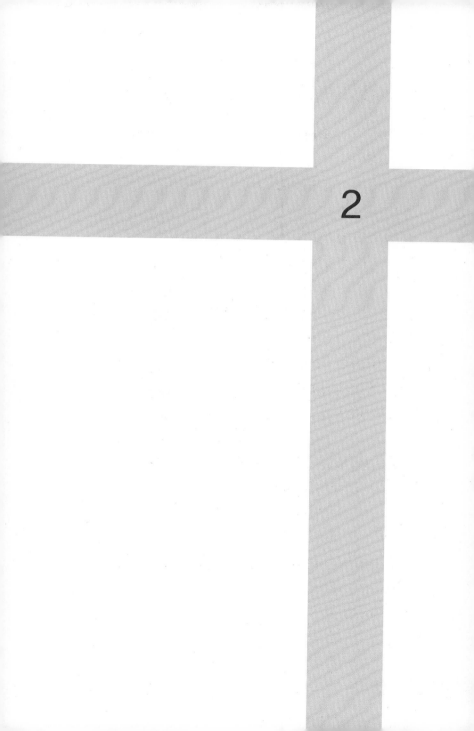

2

인연의 끈

우린 그렇게 만나고
헤어졌다,
한여름 소나기 한줄기 지나듯
기쁨의 만남도 잠시

번화한 거리 약속 장소에서
몇 시간 머물다가
준비된 각본대로 연기하듯
또다시 헤어져
떠나야 하는 너와 나

그렇게 돌아서다가 등 돌려
서로 마주치는 눈빛,
흔들어 대는 손

중국에서 몇 년 만에 날 보려고
어제 비행기로 왔다가 내일은
미국으로 떠나야 하는 너

〉
세상이 아무리 좁아졌다 해도
함부로 넘나들 수 없는 이국의 장벽
그렇게 우린 서로의 안녕을 빌며
빈손만 허공을 젓다가

아쉬움이나 서운함도, 잠시
서로의 마음 가닥에 주름으로 접어 두고
아직은 놓을 수 없는 인연의 끈을
연 날릴 때 얼레 풀 듯 풀어가며
서로의 길을 간다.

감사

스마트폰 알림방으로
배달된 사진 한 장
상추와 깻잎, 여린 잎들이 사이좋게
싱크대 위에 누워
누군가의 호사를 기다린다

얼마 전 모종을 사서
화분에 심었다는 이야기 들었는데, 벌써
식탁 한자리를 차지한다는 게
신기하기도 하고
대견스럽기도 하다

생명은 생명을 낳고
생명은 또 다른 생명을 살찌우는
오늘도 이 땅 위를 운행하는
순환의 굴레

고맙다. 정말
고맙다.

저녁노을

먼 산 따라가다가
멍하니 바라본 하늘

태풍이 불어치고 소낙비 지난 뒤
더욱 환하고 밝게 빛나는
저녁노을

거기, 오색의 무지개
빛과 빛 사이 깨끗하고 정갈한
결실의 보고서를 쓰듯
펼쳐 보여주는

어느 인생의 멋진 삶처럼
느긋한 발걸음의 석양빛 한 줄기
참 아름답다.

참새

쏙닥쏙닥 쨱쨱 쨱쨱
부산스러운 이른 아침
참새 가족이 모두 모였나 보네
부지런한 참새 떼들

얼마 있으면 다가올 겨울과
짧아지는 낮의 햇살,
해 뜨기 전부터 부지런히 준비를 하나
참새는 식구도 많은 것 같네
난 아이들 다 떠나보내고, 홀로 남아
대화할 식구도 없는데

나뭇가지 위에 얼기설기
집을 짓고
쉴 새 없이 떠들어대는
참새들,
행복이란 그런 것이라, 말하려는 듯
쏙닥쏙닥 쨱쨱 쨱쨱.

집안일

하루하루의 집안 살림은
뒤돌아서면 또 다른 일의 시작
쳇바퀴 돌 듯, 아무런 자극이 없어도
불쑥불쑥 터지는 풍선처럼

버리자니 아깝고 두자니 짐이 되는
오래전 솜이불을 만지작거린다
지난 세월에 담긴 사연 따라
버리려던 마음 접고 빨아 말려, 다독다독
손질한 다음, 다시
장롱 속에 넣는다.

여기저기 종종걸음 하다가
허리 펴는 사이
부엌 벽에 걸린
달력 한 장이 찢겨 나간다.

두릅나무

허락도 없이 우뚝우뚝 자라
아파트 2층 창문턱까지
찾아온 두릅나무

세상 사람 닮아 너도
땅따먹기라도 하려느냐,
한 발 두 발 뻗어 창문 옆 가까이
영역을 넓혀오는 은밀한 책략

베어내자니 섭섭하고
그냥 두자니 햇볕마저 훔쳐가는 그늘
계속 다가오는 널, 아직은
좀 더 지켜볼 일이다

자연의 섭리, 누가 막으랴,
나무나 사람이나
제 설 자리는
잘 가늠해야 할 듯.

단호박

혹여 상한 데는 없는지
여러 번 살펴보던 단호박
그때마다 이상, 없길래 안심하고
들었다 놨다, 반복했었지
며칠간 잊고 지냈는데 다시 들어 살펴보니
아래쪽 한편이 썩어가고 있다

무관심 탓에 상해버린 호박을
도려내고 손질하여 우선
성한 부분만 찜기에 올린다
반들반들한 겉모습만 보고, 속을
살피지 못한 내 탓.

지난날
내 믿음에 흙탕물 끼얹고 간 사람 얼굴들이
찜기에서 뿜어 나오는 김 속에
하나둘 수없이 아롱거린다.

겨울 저녁 한때

바람은 불고 눈이 내리는데
내일은 영하10도 이하로 더 추워질 거란 일기예보
언 몸을 풀어야겠다 싶어
찾아 나선 황토방

거기 가면 누군가를 만날 수 있을까,
밀고 들어선 6층 탈의실
"선생님! 와 그러지 않아도 생각했는데…"
좀 일찍 직장에서 바로 왔다는 그녀

진작 찾아뵙지 못해 미안하다는
말만 들어도 고마운 제자,
"우리 황토방으로 갈까" 눈 내리는 날
우린 황토방에 누웠다가 앉았다가

땀 흘리며
그간에 쌓인 지난 이야기꽃
반갑고 기특하다, 내 몸의 땀방울까지

닦아 주더니 먼저 자리를 뜬다
내일 다시 만나기로 약속해 놓고

밖은 바람이 불고 춥기만 한데
건강하고 씩씩하게 살아가는 그 모습
발길을 옮기는 내 가슴 속으로
온탕 물 한줄기가 맴을 돈다.

(2005.1.)

꽃샘바람

함부로 현관문 열지 말아요
예고 없이
누군가 들이닥치면 난처하지요
준비란 언제나 필요한 것
봄이 왔다 싶더니 갑자기 불어대는
꽃샘바람에 황사현상
기온은 뚝 떨어져 영하 7~8도
다시 겨울이 현관문을 위협하네요
티브이뉴스가 전하는
순간의 방심이
영원의 쓴 기억을 부르는 사연들
온전한 봄이 올 때까지
함부로 문 열지 마셔요.

바람의 집

들어오지 마라, 등 떠민들
제멋대로 생긴 성깔
누가 뭐라 한들, 무슨 소용 있나,
문 열렸으면 내 집이지.

기침

나는 너를 모른다
우리 인사 한 번 한 적 없고
속히 떠나 주길 바라는 어떤 손님처럼
눈치도 없이 머뭇거리는 너

할머니 방 드나드는 어린 손녀이듯
예고도 없이 왈칵왈칵 찾아와
오장육부를 통째로 흔들어 놓는
네 정체

잠시 물러설 때면 언제나
감기니 미세먼지니, 남 탓으로 돌리는
처음부터 이름조차 몰랐으면 싶은
네 존재 자체가 싫구나

하루속히 내 주변에서 사라져 줄 순 없겠니
내 나이만큼 오래된
어릴 적부터 친구 아닌 손님이여.

아침

아침이 눈을 뜬 창가에 보이는 것은 저 먼 산과 들판, 그리고 새로 생기는 고가 다리 위로 뚫리는 터널, 이제 머지않아 제 나름 인연의 긴 끈을 따라 그곳으로 빠져나갈 차들은 어디론지 가고 오겠지, 논바닥에서 벼 이삭 피어오르던 고가다리 밑, 땅에도 농부의 손길은 자취를 감춘 지 오래고 들먹거리는 땅값의 춤사위, 서울의 찬가인 유행가 가사에 발맞추어 신바람이 난다. 채소만 먹던 사람이 갑자기 갈비만 먹다가 죽음에 이르렀다는 소문까지 효모에 빵 부풀 듯 번져가는 이 산골도 예전의 그 산골은 아니다. 마음의 눈까지 감아버리지 않기를 바라는 마음 간절하나 말장난에 특화된 재주꾼들이 설쳐대는 무대 위에는 순진한 서민이 함께할 자리는 없다. 사는 대로 살기도 어려운 세태, 이젠 사는 일도 사설 학원이라도 찾아가 과외수업을 받아야 할 것 같다.

(2005.1.)

내가 나를 모르겠다

태어난 고장이 어디며
나이는 몇이냐고 묻는

이것저것 궁금해 하는 질문 앞에
세월을 먹어버린 주름져가는
겉모습과 내세울 것 하나 없는
이력서의 행간

채울 수 없었던 욕망과
배반의 시간
잃어버린 것과 얻어진 것에 대하여
나는 무엇이라 대답해야 하나

행복하십니까 하는
질문을 받을 때마다
그런 것 같다고 주억거리긴 하지만
어딘지 정체 모를 빈 공동에서
불어오는 한 줄기 바람

〉
내 이성으론 제어되지 않는
욕심 많고 인색한
심술쟁이일지도 모른다는 자각
나도 내가 누구인지

개구리 해부하던 실험실, 그날처럼
더 꼼꼼히 헤집어 볼 일이다.

도문의 할머니

마음씨 착한 조선족 할머니
보름달처럼 동그란 얼굴에 자그마한 키

지금도 그곳에 살고 계실까
언제 다시 오겠냐며 물으시던 할머니
헤어지기 섭섭하여 흘리시던 눈물
농익은 자두 한 보따리 싸 주시며 가져가 먹으라
안겨 주시던 손길

중국 연변의 도문, 브르하통강 근처
그곳에 살고 계시던 할머니
내 손을 꼭 잡으시며 다음에 오면
암탉을 잡아 주겠다 하시며 꼭 다시 오라 했는데
몇 년이 흘러갔네

열일곱에 시집와서 팔순이 되기까지
그곳을 벗어나지 못하고 살았다는,
태초에 하나님이 인간을 만드셨을 때

그 첫 모습 같으신 할머니

에덴의 동산처럼 평화로운 그곳
자연 그대로 눈앞에 다시 펼쳐지는 풍경
흐르는 강물처럼 지금도 여전하시겠지

조국은 건망증이 심해도
조국을 잊지 못하는 할머니들의 한숨
올봄에도 서쪽에서 오는
황사가 짙어가는 빌미가 아닐까.

초음파 사진

정밀 검사차 찾아갔던 병원 진찰실
검사 결과가 궁금해
몸속 깊숙이 똬리 틀고 있을지 모를
애초에 없었던, 지금도 없어야 할
정체, 확인하러 오르는 병원 계단

혹여 어디쯤에서 잘못 만남 있을까
문은 열어 놓고 대답은 닫힌 채
빈 의자와 책들
가까이 다가설 수 없는
그림자만 기웃기웃

높고 푸른 창밖의 가을 하늘만큼
밝고 깨끗하게 보여야 할 오장육부
깊숙이 들어앉아
점잖 빼고 앉아 있을지 모를
초음파 흑백사진을 들여다본다
두 눈 크게 뜨고

〉
그러나 내 눈엔
아무것도 보이지 않는다. 아무래도
전문의의 환한 웃음을 믿고
그에게
모든 권한을 위임해야겠다.

또 하나의 영상

그는 당했다고 했다
그것도 두 눈을 크게 뜨고 대낮에
가까운 친구한테서, 그렇지만
기분은 나쁘지 않다고 했다
누구나 한 끼만 굶어도 배고파하는
뺏고 뺏기며 살아가는 세상
속상해도 털어버리고 살아야지
마음속까지 찍히는
초음파 검사 기계라도 있으면 몰라도
어떻게 모든 사실을 알 수 있겠냐며
이 좋은 세상에
눈 딱 감고 잊어버리자고
이즘의 추세라면 머지않아
사람 마음 찍어내는
검사기기도 만들어내지 않겠냐고
정제된 웃음으로 얼버무리는 말꼬리가, 내 눈엔
열화상 카메라에 찍힌 수많은
칼날의 영상으로 다가와
아프다.

어느 날 아침에

유월 초순 밖의 온도는 30도 가까이 오르는데 실내 온도
마저 올라 창문을 열었다 닫았다, 에어컨을 켰다가 끄기를
반복, 쉽게 잠들지 못하는 저녁, 새로 설치한 지열 보일러
의 작동 방법을 몰라, 시공사에 연락해도 나중에 찾아보겠
다는 지연된 답변,

더워 더워하며 지낸 며칠 뒤 온수와는 별개인 난방 쪽 밸
브를 잠그도록 한 기술자의 도움으로 정상을 되찾은 방바
닥의 온도, 모른다는 게 범죄는 아니라도 불편한 건 분명하
다는 진실 앞에 내 삶의 이면을 다시 점검해 보게 하는 아
침이다.

오월에

오겠다는 아우를 기다린다
찾아가 갖다 드려야 하는데
그간 못 갔네요
여러 차례나 송구스럽다는 듯이 되풀이하더니
삼십 분 후면 도착이란다

교직에서 정년퇴직한 다음에도 바쁘게 지낸다면서
봄부터는 모종을 사다가 이것저것 심어 놓고
밭으로 매일 출퇴근하다시피
물주고 가꾸는 재미, 쏠쏠하다고

고소한 맛 최고인데 한번 먹어 봐야
그 진가를 알 수 있다며
한 보따리 갖고 온 상추랑 쑥갓이랑 여러 종류의 채소들
손수 먹으려고 심은 작물이라 농약도 치지 않고
깨끗이 키운 것이라는 말만 전하고
약속이 있다며 그냥 가 버렸다

〉
식사 시간을 기다리지도 않고
두고 간 상추들을 다듬어
이른 점심상을 차린다
갓 따온 싱싱한 쌈 채소의 맛보다 더 달콤한
아우의 정성과 사랑의 정을 음미하면서,

행복하다
이 작은 즐거움을 더해가는 일
삶은 순간순간의 총화, 알파요 오메가다.

어머니

팔순이 한참 넘은 연세에도 딸자식 모습
한 번 더 보려고 베란다 창 앞에서
흔들어 대시던 내 어머니

힘 빠지고 주름진 얼굴에 구부정한 허리까지
흙이 좋아 밭에 나와 앉아 있으면
마음이 편안하시다며, 처음엔
취미 삼아 하시던 일이 어느덧 농부 아닌 농부 되어
해가 갈수록 늘어나는 농작물들

여기저기에 나누어 주고 싶어서
가을걷이가 끝날 때면 무리한 탓에
병원 신세를 지면서도, 그러지 마시라 말려도
다음 해가 되면 또다시 되풀이하는 몸의 혹사,

올봄에 나도 취미로 서너 평 텃밭을 가꾸면서
어머니 마음을 헤아려 본다

〉
있을 땐 몰랐다
내 어릴 적 술래잡기하던
앞마당의 그 느티나무.

섬

외딴섬에 갔다. 덩그러니 놓인 나의 가방은 구석에 밀려 있고 이른 아침부터 그 섬에 자리 잡고 사는 그 친구는 거실 소파에 앉아 나를 위협하는 눈길로 바라보며 주인 행세를 하는데, 모임을 주선한 화가는 먼저 간다면서 나에겐 들어가 더 쉬라고, 아침 식사는 올갱이 해장국이라는 전갈.

다시 방으로 들어선 나는 정신을 차리자고 물로 얼굴을 헹구어 내고 부족한 것 무엇이 있는가, 머뭇거리다가 밖으로 나섰다. 섬에서 좀 떨어진 곳에서 해장국으로 이른 아침을 때우고, 작은 모임에서마저 갑과 을로 패거리 짓는 작태에 마음 아픈 사람들이 그날만이라도 아침 햇살에 새싹 돋아나듯이 아문 상처에 새살 돋아나기를 바랐었지.

갈 사람은 가고 남을 사람은 남아 잠시 섬에서의 즐거운 시간만 생각하며 다시 올 수 없는 추억으로 간직할 야릇한 한 폭의 그림, 다시 꺼내 보아도 거긴 여전히 외딴섬이다.

3

어느 날 바닷가에서

싱가포르 해변 바닷가에서
우리는 많은 이야기를 했었지
저 멀리 수평선 바라보며
바닷물 위에 우뚝 솟은 바위에 올라서
그녀는 내게 자신의 가정사를 털어놓으며
기도해 주기를 부탁했지

선교여행을 나서기 전 나의 기도는
누군가의 위로가 되고 누군가의 도움이 되어
헛된 여행은 되지 않도록 해달라는 바람이었는데
그녀를 만난 일이 그 기도의 응답이듯
우린 서로 손잡고 바위에 서서
간절한 기도를 드렸지

그녀 안에
평화가 넘치기를
그녀 안에
주님의 임재를 확신할 위로의 영이 상주하기를

우리는 다만 기도할 뿐
행하시는 분은 주님이시니, 실망하지 말고
기도하면서 기다려 보자 하고는
서로의 일정대로 헤어졌는데, 지금은

어느 나라, 어디쯤에서 살고 있을지 알 수 없으나
무소식이 희소식이란 말, 주님께서 위로하고
지켜주신다는 사실
온몸으로 느껴지는 새벽이다.

손녀

너를 처음 만나고 돌아온 날
꿈에 본 어떤 장면처럼
여린 너의 자태가 눈앞에 아른거려
봄날 연못가 나뭇가지에 갓 틔운 새순이 그럴까
빨아대던 젖꼭지에 지친 듯
잠에 취했다 깨다
깊은 잠 들지 못하고 보채던 어린 너

부활을 예비하신 그 마음에도
십자가에 이른 그 고난의 길
죄 없으신 당신의 아들을 보며
얼마나 아파하셨을까,
다시금 머리 숙입니다, 주님
이 힘없는 할미의 기도
부활의 생명으로 꽃피우소서
당신께서 허락하신 어린 생명이니
붙들어 주시옵소서
지금은 사월의 봄입니다.

(2006.9.)

그리움

잠시 머물다 떠날 휴게소에서
우산을 받쳐 들고 기다리고 있을 것만 같아
환한 불빛 속을 훑어보네

무슨 일인가, 못 견딜 그리움
쏟아지는 빗소리마저 어둠에 묻어 두고
맞닿을 듯 가까운 거리에서
멀리멀리 떠나

옹이로 박힌 가시처럼
마음과 몸 못 박아 놓고
새살이 돋기까지 기다려야 하는
눈앞에 없어
더 선명한 그림 몇 점

먼먼 바다 건너 너의 목소리만
봄날에 아롱거리는 아지랑이처럼
빗물에 씻겨가네.

깊은 잠에 빠진 기도

서른두 살의 죽음은 너무 이르단 생각뿐이었다. 주님께서 오라 하시면 어쩔 수 없이 여기 있습니다, 나설 수밖에 없지 아니한가.

꺼져가는 촛불이 다시 살아나기를 기다리는 심정으로 자리에 누워 하나님께 드렸던 나의 기도는 "주님 보시기에 저는 너무나 한 일이 없습니다. 아직 나이도 젊지요. 이 세상 떠나라 하심은 두렵지 않으나 주님 앞에 가면 어떻게 제가 대답해야 하나요. 해 놓은 일이 너무 없는데요. 아직은 아니잖아요. 일할 기회를 더 많이 주셔야 합니다. 주님."

지난날 내 기억 속에 주일학교 다니던 어린 시절, 언제나 나의 마음 한구석에 떠나지 않는 일이 있으니 그때 어머니 심부름으로 어둠 속 컴컴한 골목길을 걸어가다가 수렁인 줄도 모르고 빠져서 무섭고 두려움이 겹칠 때, 주님은 어느 곳에서나 나를 지켜 주실 거란 믿음은 내 어린 시절부터 마음속 깊이 잠재되어 있어, 어떠한 두려움의 순간마다 앞길을 향해 담대히 발걸음을 옮길 수 있는 용기가 솟아나곤 했다.

까마득한 옛이야기들이지만 그때의 일을 생각하면, 힘들고 답답하여 쓰러질 것 같았던 어려움의 순간순간마다 희망과 용기를 넣어 주는 원동력이 되어 주곤 하시던 주님, 그때의 기억을 다시 더듬으며 쉽게 떨쳐버릴 수 없는 죽음의 문 곁에서 서성이는 것 같던 나의 병상은 여러 날 뒤에야 떨쳐버릴 수 있었다.

주님 뜻대로 인도해 주시리라 믿고 기다리며 기도드릴 힘도 없던 나, 그렇게 몇 주일이 지나갔다.

그런데 주님께서는 미리 나의 연약함을 아시고 누군가에게 대신 기도하게 하셨다. 내 사정을 전혀 모르는 천 리 밖 지인께서, 요즘 나를 위해 자주 기도드린다며 어디 불편한 데 없느냐는 뜻밖의 안부 전화다, 몸은 떨어져 있어도 기도 속에서 서로 만나게 하시는 주님,

이제 자리를 털고 일어나 걸어라, 주님의 말씀이 들리는 듯, 나에게 잠시 발걸음을 멈추시고 기다리고 계셨던 주님, 감사와 찬양을 올립니다.

(1980.5.)

맞바람 소리

창문을 두드리는 맞바람 소리, 중국 장춘에서의 첫날밤은, 선잠에서 깨어난 새벽, 눈을 떠서 바라본 창문 밖은 어둠뿐 날이 밝으려면 아직 멀었나 보다.

타다닥타다닥 창문을 두드리듯 때리는 맞바람 소리, 누가 나를 찾고 있나, 감았던 눈을 뜨다가 다시 감아 보지만 쉽게 잠이 들지 않아, 자리를 접고 일어났다가 앉았다가 어둠을 털어내듯 시계를 들여다보니 아직은 이른 새벽,

온몸을 샤워 물로 새벽을 헹구어 내려 하나, 가늘게만 흐르던 샤워 물줄기에 더해가는 갈증의 깊이만큼 아침은 더디게 다가왔다. 기다리는 아침을 위해 낙서를 하다가 기도를 드리다가 짧은 나의 묵상은 다른 환경에서의 적응이 쉽지 않다는 생각뿐이다.

앉았다가 일어서다가를 반복하며 거울 속에 비춰 오는 장춘이란 두 글자가 백열등 불빛 아래 곡선으로 내 눈에 들어차고 한 컵의 물로 뼛속까지 적시려는 듯, "깨어 있어라"

이르신 그분 말씀을 잠시 잊은 건 아닐까, 여기는 공산국가 이미 가려진 밀폐된 공간의 문과 문들을 잠시 잊고 있었나 보다.

타다닥타다닥 맞바람 소리, 하늘은 진작 아침을 활짝 열어 놓으셨는데 나만 모르고 있었나 보다, 오랜만에 듣는 책망의 어머니 목소리처럼 타다닥타다닥 탁하게만 들리는 저 소리.

(2002.6.)

이 비 그치면

이 비 그치면
거기 가 봐야겠다,
언젠가 가 보았던 산비탈 동네, 거기
등산하는 셈 치고 오르내리겠다며
어느새 철이 다 든 아이가 집을 구해
떠나간 봉천동 고갯마루

이 비 그치면
거기 가서 손잡고, 키는 더 커졌을까
무엇을 먹고 지내나, 얼굴은 야위지 않았나
자세히 들여다보고 무엇이 필요한지
주변도 둘러보고 그동안
서운한 것 있었으면 잊어버리라고

나는 네가
그립고 보고팠다고 등도 두드려 줘야지
얼마 만인가 가슴을 휘젓고
떠나가 버린 그 아이

〉
이 비 그치면
날씨는 서늘해지겠고
겨울 추위는 곧 닥쳐올 텐데
잘 견딜 수 있을까, 방은 따스한지
너를 만나러 가 봐야겠다,
이 비 그치면.

너는

훨훨 철새처럼 날아갔다가 돌아오겠다며 떠난 아이, 새벽 두 시에 걸려온 전화, 거긴 독일 프랑크푸르트 공항, 이탈리아 행 비행기 환승에는 네 시간 이상 기다려야 한다는 전언

"아무도 모르는 외국인들 사이에 끼어 기다리는 동안 졸지 말고 될 수 있으면 어르신들 옆에 앉아서 매사에 조심 또 조심이야, 밥은 제대로 챙겨 먹고 다녀라"
몇 차례씩 반복하는 통화에도 가시지 않는 불안

다행히 연결되는 통화 때마다 나의 충고는 계속 이어지고, 목적지인 이탈리아 가는 비행기 오르기 전까지 편안한 잠을 잘 수 있을까 싶어 지샌 아침, 여섯 시가 지나서야 울리는 전화벨 소리

"지금 나, 이탈리아 공항에 도착해 입국 전인데 누가 마중 나왔을 거야, 거기 집에 도착해서 전화할게" 몇 마디 말 남기고 끊어졌다, 순간 좁은 상자 속에 갇혀 있던 내 불안

이 탈출하는 안도감에 나도 모르게 감겨 오는 눈꺼풀, 나도 너와 함께 장거리 여행을 했구나

 아직도 내 눈엔 열두어 살 어린애일 뿐인데 다 컸다고, 어디든지 제멋대로 날아가 버리는 너, 대견하면서도 더욱 쓸쓸해지는 나와 너의 채울 수 없는 비대칭의 사랑의 계곡.

폭우

돌아올 시간은 지났는데 아직
돌아오지 않은 아이,
우산은 챙겼을까

햇빛 쨍쨍하던 하늘이 갑자기
부글부글 끓더니, 한 방울 두 방울
떨어지는 빗방울이 잠시 후엔
해일이라도 몰고 오듯이
거세게 퍼부어댄다

미끄러질 폭우 속의 길바닥
혹여 대문을 열고 들어서는 것 아닌가
자꾸 자꾸만 내다보는 유리창 밖
그칠 줄 모르고 쏟아지는 폭우

빗물이 고여 마당에 넘쳐흐르고
점점 어둠은 밤의 심장으로 스며드는데
좀처럼 멈추지 않을 기세의 빗줄기

〉
기다림도 지치면 잠시 쉬어가야 할 듯
눈을 감고
그분께 두 손을 모은다.

소식

안개 속 새벽길 간다
거기 가면 무슨 소식 들을 수 있을까

그들이 떠난 지 몇 날 지났으니
지금쯤은 그간의 사연 들을 수 있겠다
먼 아프리카 선교여행을 떠난 그들

새벽기도회
교회 문 앞엔
아직 이른 새벽이라 들어서는 교인이 보이지 않는다
의자에 앉아 잠시 기도 드리다 보니
하나둘씩 모여드는 교인들
새벽예배는 시작되고, 조금 전 2시에 도착했다는
목회자의 보고를 들은 후
슬라이드로 비춰 주는 그곳 상황

가난과 질병, 굶주림의 어린이들,
마실 물이 없어 우물을 파주고 돌아왔다는 그들

도와주러 갔으나 오히려
큰 선물을 받고 왔다며 한층 더
성장되었다는 믿음의 간증

돌아오는 귓가를 스치는
내 안의 진동
사람은 사람에게 모두 선물이다.

(2018.9.)

눈빛

우리 서로 눈빛을 보아요
저 깊은 바닷속을 보듯

창세 전에 그분께서 만드신
세상의 질서, 그리고
우리 인간을 만드시고 보시기에
참 좋았더라 하신 말씀

하나님의 형상대로 지어져
그분의 뜻에 따라 살아가야 할 우리
서로 눈빛을 보아요

깊고 푸르게 빛나는
저 바닷속 은밀한 생명의 약동처럼,
너와 나
그 원초의 눈망울.

그 순수를,

그 평화를,
그 무한을.

그 길

눈 감으니 보이는 길이네
모세가 가나안을 향했을 때 그랬을까
찢기고 상처 난 자국들
매만지시는 그분이 이끄시는 길

소경처럼 환한 대낮에도 보이지 않는
어둠 속 숨겨진 세상에
깜박 깜박이는 어린 영혼들은
혼돈의 늪에 싸여
깨어나라 깨어나라 채근하시지만
알아듣지 못해 죽음으로 가는

여기
눈 감으니 보이는 그 길
그분께서 함께 걷자고 손 내미시는
이 자리.

산

산정을 향한 능선과 깊게 파인 계곡
굴곡진 선의 어우러짐은
내 어머니 누워 계신
목주름과 유방의 둔덕

계곡마다 푸르게 펼치는 사연들
어떤 손짓이나 해명도 없이 속 깊이 간직하듯
편안히 누워 하늘을 향하고 있다

내 어릴 적 빨아대던
생명의 젖줄을 풀어 놓고
하늘을 향해 무시로 기도하며
무언으로 말하는 그 사랑의 표정

오랜 침묵은
모태의 신비, 주고 주어도 다하지 않는 고고한 희생
언제나 하늘만 바라고 있는
내 어머니의 변함없는 모습.

나의 기도

지금은 자정이 넘은 시간
주님께 드리는 저의 기도는
세상에 머뭇거리다가 준비되지 못한 언어와
서툰 행동의 이기적인 모습뿐입니다

비둘기같이 은밀하고 조용히
단비의 은혜 내리시는 주님 앞에
안일한 생각, 피곤하다는 핑계로
미루고 제쳐놓기만 하던
게으른 타성의 연속이었습니다

간절하게 신랑을 기다리는
신부의 자격이 아직도 모자라는 이 딸
모태에서 빈 몸으로 태어나
제게 허락하신 한없는 은총으로
오늘에까지 이르렀습니다

그러나 분별없는 소경처럼 앞을

잘 가려 살피지 못하고
부끄러움만 보여드린 참담한 모습으로
용서와 자비만을 빌 뿐입니다

새날을 맞이하는 이 시간
한 걸음 한 걸음 늘 동행하시는
주님의 임재하심 가운데
새로운 영으로 저를 채워 주소서.

(2006.3.)

사랑의 중력
―김해철 총장님 내외분께

어머니 가신 지 10여 년
생전에 챙겨 주시던 김치랑 식혜 따위
생각날 때마다
가슴 아리다

반세기 가까이
부모처럼 아껴 주시는 스승님 내외
하는 일 없이 마음만 바빠
자주 문안도 못 했는데

갑자기 휴대전화에서
메시지 도착 신호음
택배 방문 예고다.

잠시 후 전해 받은
자그마한 상자, 뜻밖에 예쁜 스카프
내 어머니를 갈음하는
스승님 내외의 사랑이 담겨 왔다.

〉
사랑은 늘 서로의 인력이 아니라
아래로 아래로만 작용하는 중력
오늘부터 이 사랑만 목에 휘휘 감고 나가면
온 세상이 따뜻한 봄날일 것 같다.

꿈

꿈이 많은 건 아직
현실에서 못다 한 일이 많다는 것이겠지
어린아이도 아닌 내가
나이가 들면 어린아이 된다더니

세월에 때 묻은 삶
새로운 꿈처럼
남은 생 정결하게 살아가라는
그분의 뜻인가
먼 후일 그분 앞에 서면
이생에서의 일들이
필름처럼 스친다는데
고개 돌리지 않고 함께 볼 수 있을 만큼

무엇이 잘못인지도 모른 채
지나갈 때도 많은데
항상 깨우쳐 주시는 방편
꿈이 꿈만이 아니라는 자각 속에

씻을 건 씻고, 버릴 건 버리면서
조심스럽게 살아야겠다.

어떤 춤꾼에게

물건 달듯이 사람을 저울질하고
이리저리 재고 있는 사람아,
겉모습은 거룩해 보이지만
마음속 생각까지 감찰하시는 그분 앞에
숨길 수는 없는 일
천국 확신도 없는 영적 지도자라면
어찌 어린 영혼들을 보살피고
지도할 수 있을까,

눈에 보이는 것만 최상의 것으로
제 저울 위에 올려놓고 딴 머리 쓰다가
자신을 잃어버린다면
머리칼이 잘리고 맷돌에 얽매이기까지 한
삼손과 무엇이 다를까
특별히 구별된 존재라는 자각이 있다면
어디서나 하나님의 사람이란
긍지를 버리지 않아야겠지,

〉
거룩한 척 위장한 삯꾼
우상 숭배자가 자신일지도 모른단 사실,
한심하여라
제 흥에 취해 부르짖는, 자칭 지도자여
그대의 심판은 그 나라에서만이 아닌
이 땅에서도 받을 터
언제까지 제가 만든 저울 위에서
그토록 현란한 춤사위나 펼치고 있을 일인가
그분은 다 아시는데.

아침 식사 기도

아침 식탁에 앉아 드리는 기도, 빵 한 쪽에 채소 곁들인 과일, 우유와 계란, 아침을 깨워 주시고 나의 생명을 주신 주님께 감사와 감사, 참다운 자녀이기를, 주님의 뜻을 따라 살아가고 살아내는 하루하루의 삶이 되기를 기도한다. 육신의 떡은 먹으면서 말씀의 떡은 게으르지 않았나 뒤돌아보며 참 그리스도인의 삶을 살아내기를, 떠오르는 아침 해같이 밝고 따뜻한 빛이 되기를, 진흙이오니, 진흙이오니 불쌍히 여겨 주시어 주님 뜻대로 빚어 달라고 떼쓰듯 주워 섬기는 식사 자리의 내 기도. 언제쯤이면 한 올의 이기적 욕망도 없이 순수한 맑은 향연을 피워 올릴 수 있을까?

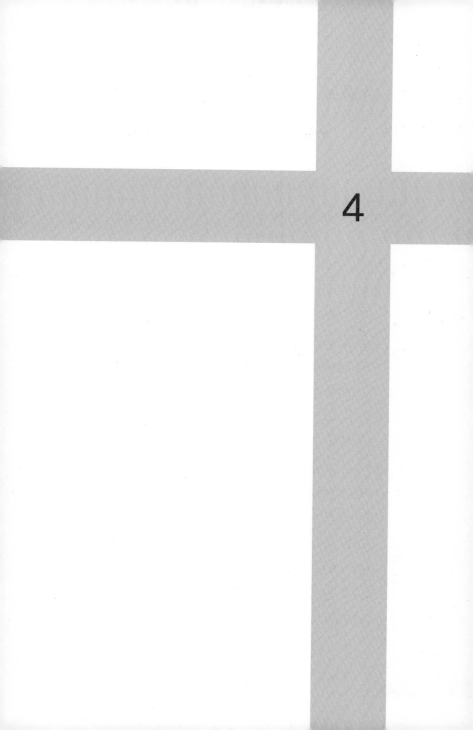

4

새해의 기도
—2016년 들소리신문

주님!
새벽이 밝아오고 있습니다.

이 아침에는 우리 모두
떠날 수 있게 하여 주소서.
살찐 암소의 젖이 아니라
토종벌이 모으고 쌓는 꿀이 아니라
주님 말씀의 젖과 꿀이 흘러넘치는
저 황야를 향해 떠날 수 있게 하여 주소서.

그곳에서
탐욕과 교만의 개펄을 달려온
우리 신발을 벗기시고
곪은 상처에서 새살 돋아나게 하시듯
우리를 다시 빚어 주소서
진흙이오니, 진흙이오니
또다시 생기를 불어 넣어 주소서

〉
주님, 이 아침에는 미련 없이
돌아설 수 있게 하여 주소서
보여주시는 천국보다는
머물던 저곳만 바라보는
열쇠 없이 잠긴 문 같은 우리
마음의 눈이
주님의 눈길 속에 잠기게 하여 주소서.

'이리와 양이 함께 먹고
사자가 소처럼 짚을 먹으며
뱀이 흙을 양식으로 삼을'
돌아선 그 자리
일용할 양식을 구하는 입들을 풍족케 하여 주시고
내일을 위해 거두는 만나를 모두 썩게 하시던
그날처럼
이 빈부의 양극화를 해소해 주시고
온난화로 병들어가고 있는

이 땅을 살리시며
사람들의 마음에서 포악을 제거하여 주소서.

사람들이 스스로 폭력으로 폭력을 바꾸겠다던
십자군의 전쟁처럼 미화되고 있는
내전과 테러의 저 어둠을
주님 진리의 그 빛으로 깨우쳐 주시고
사람이 사람의 생명을 강탈하는 온갖 도구들을
쟁기와 보습으로 갈아 주소서.

이 아침에는
이 세상의 모든 소리들이 함께 울려
베드로를 깨닫게 한 그 닭 울음으로
회개의 분수가 터져 나오게 하시고
메르스 같은 질병이 없고
IS의 테러 같은 폭력이 사라지고
선거 때만 되면 돋아나는
거짓과 모해와 비방의 독초들이

햇빛을 보게 두지 마소서.

주님!
새해에는,
새해에는,
새해에는.

엄마와 딸

내게는
내 배로 낳지 않은 딸이 몇 명 있다.

상하이 어느 사범대학에서
한국어 교수로 있는 조선족 출신의 딸은
며칠 후 교환교수로 미국 가는 길에
엄마 보러 서울을 경유하기로 했다며
스무 해가 넘도록
내 혈육의 친딸보다 더 자상한 딸 노릇을 하고 있다.

그런가 하면 어떤 딸은
제 인생 즐기며 행복하게 살라고 충고한 몇 마디
그게 섭섭하다고 토라져
가까이 살면서도, 한동안
오가는 일 연락하는 일 없이 지냈다.

엄마라는 말,
딸이라는 말,

그 무게 때문에, 엄마라는 호칭
좀처럼 허락하지 않는 편이면서도, 가끔은
딸이라는 이름의 조금 가벼운 바람결에 흔들려
엄마의 짐을 지기도 한다

한 번 엄마는 영원한 엄마다
나도 내 어머니 마음 헤아리지 못한 적 몇 번이던가 그래도
어머니는 그 마음의 저울에서 한 번도
나를 내려놓지 못했다.
그 어머니에 그 딸, 나도
내 딸들이 누구보다 행복한
모든 이들의 사랑이기를 기도할 뿐이다.

나무뿌리 옆에서

나무와 뿌리를 특별하게 아낀다는 말레이시아인들, 공원에서 몇 년쯤 묵었을지 오래된 나무뿌리들이 지상에 올라와 속살을 드러내고 있다. 왜 나만 땅속에 묻혀 있어야 하나, 항의라도 하듯 아침 햇살을 즐기고 있다. 신기하고 흔치 않은 정경이라서 그 옆을 그냥 지나칠 수 없어, 일행에게 사진 한 장 찍어 달라, 부탁하고 기념사진을 찍었다. 내가 좋아하는 대나무들이 여기저기 우뚝우뚝 솟아나 붉은색을 띄우기도 하고 그렇지 않기도 한데 그곳 사람들은 자연을 사랑하는 마음이 곳곳에 똬리를 틀고 있는 듯하다. 공원 어딜 가나 담배꽁초나 휴지는 찾아볼 수 없고 청소하는 것 하나하나가 신께 가까이 가는 수련의 과정이라는 말레이시아 사람들, 감사함으로 당연하게 평온한 마음가짐으로 일한다는데 때때로 자신의 뿌리를 함부로 휘두르고 뿌리의 소중함을 모른 채 사는 사람들, 여기 와서 뿌리의 존재학이라도 배워야 할 것 같다.

(2002. 8.)

승용차 시동을 걸다가

시동 버튼을 누르고 눌러 보나 응답이 없다. 브레이크와 액셀을 밟아 보다가 다시 밟다가 좌석에 앉았다가 차 밖으로 나왔다가, 다시 들어갔다가, 어디 일 좀 보러 가려던 것 접어야 하나, 하는 수 없이 카센터에 도움 요청, 곧 출발하겠다는 답변이다.

카센터에서 오기를 기다리다가 다시 한 번 브레이크를 힘껏 밟고 시동을 걸어 본다. 순간 윙윙거리는 엔진 소리와 함께 작동하는 차, 이제 안 와도 된다는 카센터에 다시 걸어 보는 민망한 전화, 인수한 지 얼마 되지 않아 차량의 속성을 잘 모르고 서두르기만 했었나 보다.

내 아들딸을 비롯한 내 주변 사람들, 그들을 이해하려고 하기보다, 내 생각대로 작동시킨 적은 얼마였을까, 나도 나를 모르고 몸부터 움직인 적 또한 몇 번이던가 아무도 보는 사람 없는데, 자꾸만 화끈거리는 내 얼굴.

와와 네

낮은 산자락 아래 위치한 이 마을
대다수의 가옥들은 대체로
단층으로 지어져 있다

대문을 열고 들어서면 하얀 페인트칠한
집 둘레에 쳐진 빗살무늬의 담벼락
온갖 풀꽃들이 어우러진 정원, 한가운데로
자갈 마당

숨겨둔 보물이라도 찾듯이
현관문 열고 들어서면 또 다른
유리문 건너 들여다보이는 거실, 그 앞에
성질 고약해 보이는
놀란 호랑이 눈을 뜨고 먼 산 바라보는 듯한
시선으로 사람을 맞는 주인

무언의 인사를 건네고 난 뒤
찾아온 이유도 맥락도 생략한 채 긴 침묵

창밖에서는 매미 떼가 창문을 흔들 듯
삶의 절정을 예감한 양 우렁차게 울어대고

집 앞 정원 한가운데 마주 보고 선
우람한 노송 한 쌍
솔방울 큰 눈을 굴리며 아래를 지켜보는
진작부터 여기가 내 집터라고
세찬 바람 달래며 버티고 서서 지켰다는 듯
살래살래 부채질만 계속하고 있다.

나의 천사

벌써 잠이 오려나 보네
혀가 꼬부라지듯 말소리가 기어들고
새근새근 살포시
눈을 감은 너

엄마 젖꼭지 만지고 물고선
잠들고 싶었을 텐데, 고이 잠든 너
나의 귀여운 아가야
꿈도 먹고 사랑도 먹으며
그분의 크신 은혜, 감사 감사다

무럭무럭 잘 자라서
마음도 넓어져, 이 세상에
큰 기둥이 되겠네.

(2006.3.)

메시지

기다리는 소식은 없고 계속 들어오는 재난문자, 장마가 시작이니 조심하라는 신호다. 삼십 분 간격으로 들어오는 메시지, 그런데 모두가 알아야 할 일본의 후쿠시마 핵 오염수 방류에 관한 메시지는 없다. 검증을 위해 찾아갔던 우리의 전문가들, 국민이 원하는 답은 내놓지 않고 입을 다문 채 아직 자세한 사항은 알리지 않고 있다. 아마도 모양새 갖추기로만 다녀왔다는 한쪽의 말에 일리가 있나 보다.

나라를 다스리는 요체는 국민을 편안하게 하는 일이라는데, 또다시 양극단의 냉전 체제로 몰아가는 이 나라 지도자의 정제되지 않은 메시지들, 그 장단에 깨춤 추며 저들만의 춤판을 펼쳐가는 먹물깨나 먹었다는 군상들, 그들은 핵 오염수를 그냥 마실 수도 있다는데, 정작 일본의 그자들도 마시지 않는 물을 마셔도 된다는 말이 진실일까, 무엇보다 먼저 내 나라 국민부터 챙기고 남의 나라 형편 살피는 게 정상이 아닐까, 하물며 그들은 우리 할아버지를 도륙하던 사나운 사냥개 족속이 아니던가, 육식보다 생선을 좋아하는 나는 아무래도 섬강에서 잡은 메기랑 미꾸라지나 먹으면서 바다 생선에 대한 식욕을 다스려야 할 것 같다.

문학기행 가는 날

봄비가 주룩주룩 쏟아지는 아침, 며칠 전부터 여행 준비로 필요한 물건들 하나하나 사들여 한 보따리 두 보따리 챙겨 놓고 빠진 것 무엇이 없는가, 쌓여가는 봉지들을 다시 점검하고 상자에 차곡차곡 쟁이고 냉장고에 들어간 물건들, 혹여 빠뜨리고 갈까 봐 문을 열었다가 닫았다가 몇 차례 반복하고 있어도, 도착할 시간이 지났는데 온다던 차는 소식이 없고 자꾸만 쳐다보게 되는 벽시계의 초침은 촉박하게 돌아가고, 어느 만치 왔느냐는 내 재촉에 고속도로가 주차장이 되어 버렸다는 응답엔 속수무책, 함께 떠날 문인들은 만날 장소에 얼추 모여 있다는 전갈인데 시간을 아끼려면 어떻게 해야 하나,

봄비는 주룩주룩 쏟아지는데 우산을 한 손에 받쳐 들고 간신히 물건 담은 상자를 한 상자씩 옮기기를 몇 차례, 맨 나중 냉장고에 있던 물건들까지 밖으로 옮겨 놓고 다시 벽시계를 들여다보며 약속된 시간은 얼마나 남았을까, 그렇게 불안한 시간은 계속 이어졌다,

근처에 도착했다는 반가운 소식에 급하게 밖으로 나선다, 다시 한 시간쯤 가야 할 길, 다행히 서두르지 않아도

지장은 없을 듯, 가는 곳이 가까운 거리다 보니, 다행이다 싶으면서 먼저 와서 기다리시는 분들에게 미안스러운 마음 뿐이다. 돌이켜보면 내 삶은 늘 이랬다. 서두르지 않을 일도 서두르고, 미안해하지 않아도 될 일에 늘 미안한 마음이었다.

학위

오래전 어느 여교수가 내게 전화를 걸어 왔다. 학위는 어디서 받았나요? 그녀의 어투가 하도 어처구니없이 다가와, 나는 아무 대답도 없이 전화를 끊어 버렸다. 학위가 뭐 그리 대수라고, 꼭 필요하다면 받아야겠지. 그렇지 않다면 무슨 필요가 있을까, 장식이나 포장용이라면 몰라도, 집안 살림으로 오랫동안 생활한 노련한 주부들이나 자기 전공 분야에서 열심히 뛰고 있는 사람들, 그 방면에서 학위 안 받아도 전문직으로 박사 아닌 사람 몇이나 있을까? 박사로 넘쳐나는 우리나라, 십자가 외에는 아무것도 자랑하지 말라 하신 주님, 학위 받았으면 누구보다 더 겸손한 자세로 섬김의 도리를 알아야 하지 않을까 싶다.

어머니 집 가던 날

오월을 앞둔 마지막 주간에 길을 나섰다. 나는 늘 내리던 정거장보다 한 정거장 먼저 내렸다. 자동차 소리와 매연을 피해 마음 놓고 걸어갈 수 있는 길, 언덕 넘어 기찻길 밑으로 난 길이 좋아서다. 산 밑으론 파헤쳐진 자리에 붉은 흙이 맨살을 드러내듯 아무렇게나 흩어져 있고 경춘선 철로 위로 열차가 지나간다.

길옆 약수터엔 플라스틱 바가지 서너 개 걸려 있다. 승용차를 타고 온 어떤 사람은 물통에 물을 채우고, 아직 걷히지 않은 안개 속 아침은, 웃음의 대목을 찾지 못한 채, 저만치 목장의 소들이 가끔 울어대는 목울음 소리, 경춘 철로를 몇 미터나 비켜선 자리까지 왔을까, 아직 어머니 집은 보이지 않고 여기저기 블록 담의 빈집들 흔적이 보이고 여기에도 언제부터 새바람을 몰고 들어왔는지, 밭이랑 가에 붉고 푸른 깃발들이 여기저기 나부낀다. 문명을 빙자한 투기의 바람이 불어치려나 보다. 머지않아 사라질 이 길 따라 나는 몇 번이나 어머니를 찾아올 수 있을까.

기다렸습니다

티브이가 전하는 세계정세와 우리의 정치 현실, 러시아 침공으로 죽어가는 우크라이나 사람들, 폐허가 다 된 도시, 전 세계 곳곳에 아직도 끝나지 않는 갈등과 분쟁, 코로나의 역풍에는 마스크와 집단방역 대책으로 몸살을 견디고 있는데 허리 잘린 산하와 입구 막힌 강, 휴전 분단의 70여 년 세월 대립에서 화해로 돌아서나 했더니 다시 냉전 구도를 굳혀가는 남과 북의 말과 말들,

연일 쏘아대는 미사일과 핵잠수함, 항공모함의 과시, 새 정부 5년을 다시 지켜보려는 이 나라 국민 앞에 벌써 실망만을 안겨 주고 있는 오만과 독선의 그늘,
"내 백성을 위로하라"
"내 백성을 위로하라"
기다릴 만큼 기다렸습니다. 이 백성을 위로할 주체 언제까지 그를, 그들을 기다려야 합니까? 이젠 때가 차지 않았다는 말은 듣지 않겠습니다.

석송령石松靈

　문인들끼리 모여 하루를 즐기기로 한 여행길, 중앙고속도로를 따라가다 예천읍으로 진입, 어느 마을에 들어섰다. 차에서 내린 우리는 그곳 해설사를 따라 600살이 넘었다는 기념물인 소나무 앞에 섰다. 세월만큼이나 불어난 몸통에 하늘을 가리는 가지들이 천수 천안의 관음이듯 팔을 벌려 우리를 환영이라도 하는 몸짓이다. 예천군 감천면 천향리에 사는 이수복이란 사람이 홍수에 떠밀려온 나무를 건져 심었다는데 석송령이란 이름을 붙여 주고 자신이 소유한 땅을 상속해 주어 등기부에 당당히 이름 올린 인격을 갖춘 반송盤松, 재산으로 인한 가족의 해체를 막고 마을 사람들에게 도움을 주는 이 나무는 지금도 해마다 농지 경작에서 얻는 돈으로 장학금도 지출하고 마을 경영에 참여하는가 하면, 마을 사람들의 스승으로 서서 몇백 년의 흐름을 묵묵히 비바람의 찬 서리에도 봄이 오길 기다리는 사람들 마음속까지 헤아리며 마을을 지키는 수호신이기도 하다. 세계적으로 유례없이 인격이 부여된 이 나무 앞에 서면, 사람이 사람인 것이 민망해서 공연히 헛기침만 하다 돌아선다.

입맛

문학기행 차 들른 예천, 그곳에서는 소문난 맛집이라 했다. 어떤 시인이 미리 와서 먹어 보고 손님들이 많이 찾는 유명한 맛집이라서 예약했다는데, 정해진 메뉴가 돼지순대국밥이다. 좋아하지 않는 음식을 먹으니 차라리 그냥 밥한 공기를 청하고 곁들여 나오는 밑반찬으로 대충 한 끼를 때우려 하다 보니 딱딱한 멸치만 씹어댔다. 내가 제일 싫어하는 음식 중 하나가 어떤 이들의 입맛에는 최고라니 입도같은 입이 아니지 하는 생각 끝에 불맛을 냈다는 오징어 볶음까지, 내 입맛에는 맞지 않지만 그래도 먹는 시늉을 보였다. 하긴 여러 사람의 입맛을 일일이 다 맞출 수는 없는일, 하지만 이처럼 호불호가 뚜렷한 음식 말고 보편적인 누구나 좋아하는 음식이면 서로가 불편한 일은 없지 않았을까, 서른 명쯤 입맛 맞추기도 이리 어려운데, 오천만 이 국민의 입을 즐겁게 할 그런 메뉴가 있기는 할까. 그럭저럭이번 여행에선 봄바람을 마음껏 마시고 돌아왔다.

숲속의 마을

조선의 7대 왕릉 세조와 정희왕후의 능이 있는 광릉의 숲속 마을, 수호 산이라 여겨졌던 수락산과 손이 석 자만 더 길면 하늘을 만질 수 있겠다 하여 붙여졌다는 천마산이 마주한 능선 아랫마을, 지금은 학습자료 연구와 삼림을 지키기 위한 울창한 숲, 가끔씩 흔들리면서 새로운 친구 기다렸다고 점점 멀어질 것 같은, 도시의 사람들과 만남을 위해 특별히 마련한 자리, 가을걷이를 겸한 너나없이 즐기는 광릉내 마을 잔치 자리, 여기 모두 모여 활짝 핀 웃음꽃 잔치 펼친다. 숲의 나무들도 반가운 듯 불어대는 바람결 따라 흔들흔들 춤을 추어댄다.

(2006.9.)

텃세

　해석하기 나름이겠지 먼저 들어온 자 나중 들어온 자 편 가르기, 그게 뭐 그리 대수라고 모임의 자리, 주소록까지 등단 순, 입회 순서대로 해야 하다니, 어쩌다 특별한 경우에는 필요할 수 있겠지만 대부분은 찾기 쉬운 순서가 편리할 듯, 아마도 저세상에서 누군가를 부르러 온다면 모두가 앞자리보다는 뒷자리를 선택할 것 같은데 굳이 앞자리만 고집하는 사람들, 세상의 모든 터는 마지막에 사는 사람이 주인이라는 말, 되새겨 볼 일이다.

중환자실

특별한 방이 있습니다. 그 방에 어떻게 들어왔는지 본인들은 잘 모릅니다. 그 방에 가려면 경비원의 지시에 따라야 합니다. 정해진 시간에 두 사람씩만 교대로 들어갈 수 있는 방, 뜻밖에 강도라도 만난 사람들처럼 자신들도 예상할 수 없는 순간에 그 방까지 들어왔나 봅니다. 초조한 눈빛으로 들여다보는 가족들이나 의식을 잃어 자신이 누구인지도 모르고 누워 있는 사람이나 오직 하나의 염원은 여기저기 들려오는 간절한 기도 소리가 웅변해 주듯, 일어나 제 발로 걸어 나오는 일, 그러나 제한된 시간 안에 움직여야 하는 면회객들은 관리자의 지시대로 나오고 들어가는 순간마다 안타까워하는 마음뿐, 날숨과 들숨이 수치로 계량화되고 맥박이 제 발걸음을 스스로 기록하는, 누구도 들어가고 싶지 않은 이상한 방입니다.

다행이야

일을 시키지도 않았는데
일하지 않겠다고 지레 설레발치는 사람이 있다.
맡길 수 있어야겠지
감당하지 못 할 사람에게 무엇인들
시킬 수 있을까,
문제만 불러오고 더 키워가는 일
복잡해지는 건 순간이겠지
시킬 생각도 없는데 미리 안 하겠다니
고것 참 다행이다.
일하는 자, 일을 찾는 자
복되어라, 네가 이 땅의 주인이 되리니.

어떤 여인

어떤 여인이 걸어오고 있었다
아기 포대기 같은 걸 앞가슴에 두르고
날씨도 더운데 아기 키우느라 젊은 엄마가 힘들겠다 싶었는데
가까이 다가서 보니 포대기 안엔 아기가 아닌 강아지
길을 걸으면서도 입을 맞추듯
귀여워 어쩔 줄 모르는 표정이다
뉴스 시간마다 반복되는 버려지는 아이들이나
아동학대의 상상할 수 없는 끔찍한 사건들
그때마다 나는 고개를 돌린다
나는 어쩌다 길을 지날 때도
강아지를 두세 마리씩 끌고 가는
젊은 사람을 보면 멀찌감치 돌아가기도 한다
내게 사랑이 부족한 탓일까
반려동물이니 하는 말부터 잘 소화가 되지 않는다
사람도 다 사랑하지 못하면서
동물 사랑을 위장하고 있는 작태
개는 개고 고양이는 고양이일 뿐이다.

숲의 고향

남양주시 광릉 내, 뭇 수목과 초본들의 자생지, 크낙새
의 서식지, 여기 밟고선 자리에 치솟은 아름드리나무들 몸
통의 부피가 하늘을 가린, 길의 끝자락 문명의 뒤편에선 숲
의 동굴, 걷던 길 멈추어 서서 보이지 않는 하늘이 뚫린 구
멍 사이로 태초에 천지창조를 하신 하나님의 그림 솜씨, 훔
쳐 보다가 바스락대는 바람 소리에 귀를 쫑긋 세운다.

무심코 떨군 시선이 마주한 발밑에 밟히고 밟혀도 죽지
않고 살아나는 이름 모를 들꽃과 들풀들의 강인한 생명력
에 이끌려 바깥세상 헤매다가 어지럽고 가슴 답답함에 찌
든 삶의 버거운 짐 하나둘 숲길에 내려놓고 가벼운 발걸음
으로 걷는다.

태초에 또 다른 호흡으로 생기 불어넣어 예비하신 숲속
의 그대들은 나의 스승, 천만년 뿌리내린 이 땅에서 속삭이
는 은밀한 사랑의 노래, 그 그윽한 숲의 향기 온몸에 스며
든다.

(2006.9.)

5

스승님의 거울

사람들은 누구나 사십 세가 넘으면 자기 얼굴에 책임을 져야 한다는 말이 있다. 나는 때때로 지하철이나 버스를 타고 다니다 보면 앞자리 혹은 옆자리에 앉은 사람들을 바라보게 된다. 저 사람 직업은 무엇일까, 어떤 모습으로 살아왔을까, 그들이 지닌 모습들 속에서 나의 모습은 어떻게 비칠까? 나는 당장 옆에 있는 손가방 속에서 손거울을 꺼내 얼굴을 비추어 보고 싶은 충동을 다스리며 엉뚱한 생각에 잠기다가 내려야 할 정거장을 지나치기도 한다.

과연 나는 책임질 수 있는 얼굴 모습으로 살아왔을까, 문득문득 스치는 차창 밖의 풍경처럼 지나간 일들을 되짚어 보면, 내가 가지고 있던 거울은 한 개만이 아니라 여러 개였던 것 같다. 오른쪽 경대 앞에 언제나 가지런히 놓여 있는 손거울과 책상 옆에 놓인 손거울, 그리고 책장에 끼워진 손거울들이 있다. 나는 버릇처럼 손거울을 무릎에 놓고 하얀 수건에 물을 뿌려가며 깨끗해질 때까지 닦으면서 바라보는 버릇이 있다. 그것은 아침이나 저녁이나 새벽이라도 때를 가리지 않고 들여다보고 또 본다. 가까이서 멀리서 아래위를 살피다가 더욱 자세히, 선명하다 싶을 때까지 들여다본다.

세월이 지나갈수록 변해가는 나의 모습에서 나빠지는 시력과 검은 머리털 속에 희끗희끗 피어나는 새치의 춤사위, 얼굴 한복판을 차지하고 있는 잡티들의 열꽃은 이미 저들이 차지한 영토의 주인이라도 된 듯, 뽑아내거나 손톱으로 밀고 끄집어내려 해도 쉽게 물러서지 않아 오히려 상처만 낸 적이 한두 번이 아니었다.

그런데 하나님의 오묘하신 뜻일까. 겉모양에 지나친 마음 쏟을까 봐 아마도 나이가 들어가면서 시력이 점점 저하되도록 하셨나 보다. 외양보다는 내면의 깊은 세계를 들여다보라는 자상하신 뜻인 듯싶다.

물은 샘의 골이 깊을수록 잔잔하고 맑아 깨끗한 것같이 내면의 깊이를 더하여야 할 터인데, 겉모양에 관심을 많이 가졌던 철없는 시절에 바라보던 손거울이 지금도 경대 옆에 놓여있다. 책상 옆을 지키고 있는 또 다른 손거울과 책장에 끼워진 손거울, 그것은 나의 길을 이끌어주는 지팡이와 같다. 말 없는 항변으로 때때로 내려치는 채찍이다가 다정한 친구인가 하면 예상치 못하고 걸어가는 길에서 부딪히던 파도의 물살마저 잔잔한 호수처럼 잠재우며 온몸을 감싸 주기도 한다. 그 손거울은 인연의 고리로 묶어져 있기도 하다.

주님께서 던지시는 말씀, "정녕 너는 나를 누구라 하느냐?" 과연 나는 얼마만큼 주님을 알고 있을까? 손거울 속의 내가 내 눈치를 살핀다. 그럴 때마다 자상하게 일러주시던 나의 스승님은 오래전에 세상을 떠나셨다. 스승님께서 내게 건네주셨던 손거울, 그것은 닳아 빠져서 겉장이 반들반들 매끄럽다.

어느덧 낡아 버린 세월만큼 손때 묻은 자국 자국의 흔적들, 지난날들의 얼룩진 기쁨과 슬픔의 사연들과 함께 나의 책갈피 갈피마다 속속들이 밴 눈물에도 "너는 아직도 나를 모르고 있구나" 하시는 주님의 말씀이 귓가를 스친다. 개미처럼 기어가는 글자 위에 얼룩진 무늬만큼 내 지나온 삶의 여정이 결코, 평탄하지만은 않았기 때문이다. 스승님의 가르침대로 "너는 마음의 문을 열어라." 말씀하시던 성경 구절이 귓가를 떠나지 않는다. 과연 나는 마음을 열고 있을까, 닫고 있을까, 다시 손거울을 꺼내 비춰 보고 또 보곤한다.

지난 시절에 나는 혼자 해결할 수 없는 문제가 있으면 스승님께 찾아가곤 했었다. 그때마다 말씀으로 지렛대 삼은, 조곤조곤 자상하신 가르침은, 자기 마음에 안 들어도 상대방을 위해 기도해 줘야 한다는 내용이었다.

그 후 또다시 찾아갔을 때 스승님은 기도 중이셨다. 보셨는지 못 보셨는지 알 수 없으나 계속해서 "감사합니다. 감사합니다" 하는 목소리뿐이었다. 끝나기를 기다렸으나 끊임없이 감사의 기도를 계속하는 바람에 나도 덩달아 감사 기도만 드리다 살며시 나올 수밖에 없었는데, 스승님에 대한 순간적인 서운한 마음도 사라지고, 내가 찾아간 주된 문제, 그 어려운 일마저도 감사한 생각으로 받아들일 수 있어, 기쁜 마음으로 돌아온 일도 있었다.

어떤 기도

감사에는 어떠한 조건이 붙을 수 없는 듯하다
오래전 내 나이 30세
혼자 견디기엔 너무 버거운 짐을 안고
아버지 같으신 목사님 앞에 조언을 구하러
당회장실 문을 열고 들어섰다

헌금 봉투를 책상 위에 올려놓고, 목사님은
계속 기도 중이셨다
감사합니다. 감사합니다. 기도는 그칠 줄 모르고
그 옆에 우뚝 서서 한참을 기다리고 있던 나도
따라서 감사합니다, 감사합니다
목사님 따라 감사기도를 계속하다 보니

문을 열고 들어설 때와 다르게
어려움도 감사로 변해, 슬그머니 그 방을 빠져나오는데

목사님의 기도 소리인지
내 목소리인지
계속 이어지는 내면의 소리, 주님께서
어떠한 어려움마저 감사하라 하시나 싶어
편안한 마음으로 돌아올 수 있었다

몇십 년이 지난 지금도 들려오는 소리
조건이나 이유 없이 현재의
내가 있기까지 감사할 뿐이다.

그 후 나는 참아내는 일에 조금씩 익숙해졌다. 책장에 꽂힌 손거울을 유심히 들여다본다. 스승님께선 예전에 목회자의 길을 갈 것인가 말 것인가에 대하여 오랜 시간 기도 끝에 어렵게 결정했다고 하셨다. 그분은 이 세상을 마지막 떠나시는 순간까지 자신을 내려놓으시고 목자로서 헌신함으로써 모든 사람의 존경과 사랑을 받으며 천국으로 가셨다.

그런데 요즈음 신문에 오르내리는 소식에는, 쉽고 안일하게 자기 이익만을 위해 목회자의 길을 택하고, 편법을 통해 목사 안수를 쉽게 받는 사람들이 많다고들 한다. 한국 교회의 앞날이 정말 걱정스럽다. 어떻게 충분한 훈련도 없이, 자신을 내려놓지도 못하면서 영적 지도자의 길을 가겠다 하는 것인지 이해할 수가 없다. 하나님께서는 어떻게 생각하실까? 훌륭하게 목회하시는 분들까지 한 묶음으로 묶여 몰매를 맞고 있는 현실 앞에, 과연 나는 자식들에게나 이웃들에게 어떠한 모습으로 거울에 비추어지고 있을까. 스승님께서 주신 손거울, 그 말씀의 거울을 다시 들여다본다.

언제나 말이 없으시고 과묵하신 스승님은 그분의 나무에 달린 가지가 너무 많아 휘어질 듯 휘어질 듯 때로는 병원 신세도 여러 번 지셔야 했다. 세상을 떠나시기 전 문밖 외출이 힘드셨던 스승님, 어쩌면 영원히 뵙지 못할지도 모른단 생각이 들어 한복을 곱게 차려입고 송파구에 있는 아파트를 찾아뵈었다.

마침 의사의 왕진 진료를 받고 계시던 중이라 함께 간 교회 친구와 나는 끝나기를 기다렸다가, 하직 인사라도 하듯 큰절로 인사를 드리고 내가 준비한 아주 작은 감사의 선물, 내 시편을 스승님께 조심스럽게 내밀었더니 스승님께서는 눈이 어두워 자세히 볼 수 없으니 옆에 가까이 다가와 읽어 달라고 하셨다. "제가 잘 써야 하는데 그러지 못했어요" 말하니 "왜! 더 잘 써야지" 하시며 눈을 감고 계셨다.

나는 스승님의 고통을 이해하지 못했다. 그때 드렸던 시 한 편을 소리 내어 읽어본다.

노송

노송을 바라보면 볼수록
멀리 가까이
하늘길 열며
우리 손 잡아 주었네.
비바람 세월
스쳐 지나온 나무 나무들
해묵은 나이테의
우듬지 가지가지마다
갈망의 푸른 솔순 피웠네

왕십리교회, 이 터전은
그분의 애솔나무 자라는 곳
스승님이 가르쳐 준
그 비밀, 나의
평생 삶의
마음 밭 이루네.

요즈음 꽃샘바람이 불어오고 춥다. 산과 들엔 봄이 스며들어 아침이슬처럼 내린다. 나는 창가에 바짝 다가서서 낮은 산과 들판을 바라보고 있노라면 "오래전부터 잘 알고 있습니다." "반갑습니다." 나직이 인사하는 듯 그 친밀한 포근함이 나의 가슴에 스며온다. 지극히 작은 것일지라도 아름다운 삶을, 참되게 걸어가는 길이기를 바라며 바라보던 낮과 밤, 매만지던 나날의 땟자국이 밴 손거울을 만지작거려 본다.

가을 단풍잎이 아름답게 물들었다가 떨어져 내리듯 나 또한 아름답게 늙어가는 연습을 게을리 말아야겠다. 내게 주어졌던 손거울을 가슴에 품으며 스승님께서 걸어가신 그 길처럼 나도 따라 걸으며 나를 따르는 이들에게 나 또한 배우고 가르치면서 걸어가야겠다.

그의 삶
—권정생 선생 생가에서

　마을 입구로 들어가는 밭고랑 여기저기 대추나무를 비롯한 과일나무 위에서는 발갛게 가을이 영글고 있었다. 돌들 사이를 밟고 푹 파인 고랑창을 지나려는데 땅바닥에 떨어진 대추알이 제법 탱글탱글 영글었다. 바로 눈앞에 먹음직한 대추를 달고 있는 대추나무, 그냥 지나칠 수 없어 몇 개를 따서 나도 먹고 옆 사람에게도 나누어 주었다. 그가 살았을 생전에도 이 나무의 대추를 따 먹었을지 모른단 생각을 하면서 그가 살던 집 앞에 들어섰다.

　두 칸짜리 황토색 흙집, 뜰에는 불청객들만 가득하고, 주인 없는 빈집에서 혹시 감추어 두었을지도 모를 그의 흔적이라도 찾으려는 듯 다투어 앞뒤를 둘러본다. 그가 자고 깨면 지나다녔을 바위 옆 좁은 뒷길을 따라, 사람이 찾아오면 피하려고 숨었다는 그 집 뒤의 바위 언덕, 그 언덕이 때때로 집에서 나와 마을을 내려다보는 유일한 그의 산책 장소였단다. 한 바퀴 돌아보고 난 뒤에 나도 딴 사람들처럼 창호지 문틈으로 방안을 들여다보았다.

　옆으로 놓여 있는 한 짝의 싱크대와 몇 줄로 가지런히 책들이 꽂힌 책꽂이, 그리고 그의 사진 한 장, 아마도 영정사진으로 쓰인 듯싶었다. 혼자 몸을 뒤척이기도 힘들 정도의 작은 공간에서 하루하루의 삶을 보내다 일생을 마친 그의 생애를 엿보았다. 집 처마 밑에는 두 자루씩 두 곳에 매달린 옥수수, 언제부터였는지 이쪽저쪽 모두 알맹이는 없고 빈 껍질만 대롱대롱 곰팡이가 핀 채 매달려 있었다. 알맹이는 모두에게 내어 주고 빈껍데기까지 자연으로 돌려보낸 그의 일생을 한눈에 보는 것 같은 모습이었다.

태어나면서부터 가난과 병마에 시달려온 그의 일생에 관한 해설사의 설명에 따르면, 그는 그러한 환경 속에서도 바른 삶의 자세를 잃지 않고, 곧은 신앙을 지키며, 자신은 한 달에 오만 원의 생활비로 살아가면서 모았다는 십이억 수천만 원이 든 통장을, 가난하여 굶어 죽어가는 북한 어린이들과 아프리카 어린이들을 위해 써달라는 부탁을 했다 한다. 생각해 보면 그는 이 세상의 어떤 사람보다 큰 부자였다. 근검절약하며 모은 돈을 남을 위해 희사하고, 글 모르는 마을 사람들의 눈이 되어 주고 발이 되어 주며, 시골교회 새벽종을 쳐서 새벽을 깨우고, 남들은 그렇게도 안달하는 문학상마저 절대로 안 받겠다며 거절했던 사람, 자신을 헌신한 참다운 종교인이며, 문학인으로서의 자긍심이 무엇인가를 몸소 보이고 떠난 이 시대의 사표師表, 그 집을 나오는 내 발걸음이 어느 때보다도 무겁게 느껴졌다.

그의 삶─권정생 선생 생가에서

두 칸짜리 흙집,
주인 없는 작은 뜰에
불청객만 가득하다.

찾아오는 사람 피하여 숨던
집 뒤 바위 언덕 어디쯤
미처 숨기지 못한 흙 묻은 바지 한 자락
금방 눈에 띌 것 같은데

처마 밑 대롱대롱 옥수수 두 묶음
빈 껍질만 곰팡이를 벗하여
주인을 기다리다 지쳐 있다.

한 짝의 싱크대와 책꽂이에 놓인
몇 권의 책들,
몸 하나 뒤척이기도 비좁은 공간에서
대양보다 넓게 살다 간 삶이 출렁인다.

북한 어린이와 아프리카 어린이들에게 남긴
한 달 생활비 오만 원만 쓰고 모았다는

십이억 몇천만 원이 든 통장
태어나면서부터 익힌 가난과 질병이
결핍, 장애도 될 수 없었던 길 밖의 승자

작은 시골교회 종지기로
새벽을 깨우고
글 모르는 마을 사람들의 눈이 되어 주던
그 일상

참 환하다.

바탐Batam 섬

싱가포르Singapore 동남쪽 위치한 Batam 섬을 가기 위해 Hotel에서 짐과 여권을 챙겨 나섰다. 페리호를 타고 한 시간이면 도착한다는 안내에 따라 일행은 바닷길을 오르며 바다에 떠 있는 배들과 저 멀리 보이는 풍경들, 하나님이 지으신 세계 속에 인종과 말은 달라도 정감이 넘쳐흐르고 순박해 보이는 그곳 사람들의 모습에서 필요 이상의 욕심은 없어 보였다.

우리가 탄 배에는 졸고 있는 사람, 넋을 잃은 듯 수평선 저 멀리 바라보는 사람, 여러 나라에서 온 사람들 속에 맨 뒤 좌석에 앉은 나도 슬며시 졸음이 왔다. Batam 섬은 Singapore의 3분의 1 정도 면적에 인도네시아 리아우 주에 있는 섬 중에서 큰 섬이라 했다. 배가 부두에 도착해서 여권 검사와 짐 검사를 마치고 여권은 모두 걷어 그곳 입국 심사자가 들고 사무실로 들어간 후, 우리는 기다리던 버스에 올랐다.

키가 커 롱다리라 자기소개를 한 안내인은 관광버스 맨 앞에 앉아 우리를 바라보며 인도네시아 인사말과 몇 가지 우스운 이야기를 했다. 그 나라에선 부인을 네 명까지 둘

수 있는데 자신은 능력이 없어서 한 명뿐이라는 우스갯소리로 관광객을 즐겁게 하는 사이 버스가 지나가는 곳마다 야자수와 고무나무가 즐비하게 늘어서 있었다.

저 멀리 보이는 바닷가 근처 휴양지의 집들이 보이다가 바닷길 벗어난 처음 들어선 곳은 그 나라 사람들이 기도 드린다는 법당이라 했다.

바나나, 망고, 이름도 알 수 없이 많은 과일을 들고 팔아 달라는 발걸음이 바쁜 어린 소녀들, 그곳에서 한국 돈은 인기가 있는지, 한국 사람들이 많이 와서 그런지, 한국 돈에 대하여 잘 알고 있었다.

버스에 오르니 안내인은 호텔 가기 전, 통상의 관광코스로 찾아가는 원주민 마을이라 했다. 우리는 미리 차에서 내려 언덕을 걸어 올라가 원주민 마을에 도착했다. 안내인의 말에 의하면 원주민 촌장은 부인이 7명이라 했다.

아마도 촌장은 체격도 크고 힘도 센 사람일 거란 생각을 하고 입구에 들어섰는데 평상에 앉아 있던 사람이 촌장이란 말에 자세히 보니, 자그마한 체구의 까무잡잡한 피부의 사람이었다. 나는 혼자서 웃음이 났다.

현대식 건물의 방방마다 문이 열려 있어 안을 들여다보니 나열된 가전제품들, 단정하게 차려입은 여인들이 왔다 갔다 했다. 아마도 촌장의 부인들인 것 같았다. 촌장은 평상에 앉아 부채질만 하고 있었다. 생필품과 기념품 파는 곳

커피 파는 곳, 아마도 촌장은 수입 계산만 하고 있나 보다.

첫째, 둘째 부인이 계단 근처에 앉아 있었고 방문객들을 위한 무희들은 민속춤을 보여주기 위해 준비하고 기다린다 했다.

무대가 열리면서 몇 사람은 나가서 무희들과 함께 춤을 추고 남은 사람들은 앉아서 구경하고, 원주민의 은밀한 삶은 보이지 않고 이미 관광 상품이 된 그곳을 나와 프라자야 호텔Purajaya Hotel에 방을 정한 뒤 짐을 푼다.

열대지방의 꽃과 나무들 녹색으로 물들이고 해초 냄새의 바다와 순박해 보이는 사람들, 각국의 관광객들을 불러들이고 있는 이 땅은 과연 낙원일까. 원주민에게 물어본 뒤에야 대답이 가능할 것 같은 이 착종, 낙원은 존재하는 곳이 아니라 창조되는 곳이 아닐까. 잠자리에 들기 전에 드리는 내 기도가 자꾸만 길어질 것 같다.

(2002.8.)

마장 호수 가는 길

　창밖은 봄비가 내리고 초록으로 물든 숲의 산길을 꾸불꾸불 오르다가 다시 아래쪽으로 꺾어지며 내려가는데 저만치 바라보이는 표지판, 왼쪽 광탄면과 오른쪽 백석면의 경계, 경기도 양주와 파주 사이, 내 어릴 적 엄마 손 잡고 아버지 찾아 걸었던 그 길이 백석 가는 길이었을 것 같은 어렴풋한 기억, 서울에 인민군이 들어오고 피신차 그곳 친척 집 근처 산속에 숨어 지내고 계신다는 전갈을 받고 걸어 걸어서 찾아 나선 길, 엄마는 아버지를 만났는지 못 만났는지 알 수 없지만 내 손 잡고 다시 서울로 걸어오던 엄마는 총부리로 가슴 겨누며, 경비초소를 지키던 인민군의 총부리에 몇 번이나 위협을 받아가면서 이리저리 둘러대며 서울 길을 걸어왔는데 우리 집으로 가는 길마저 막혀, 할 수 없이 찾아간 용산의 어느 친척 집에서 며칠을 묵다가 한강 얼음판 위를 걸어서 남으로 남으로 피난 갔었지, 전쟁이 끝나고 군 복무를 마친 아버지의 직장 따라 광탄면에서 초등학교 다니던, 까마득하게 잊었던 기억을 되살리는 이 길, 생사의 갈림길에서 만났을지도 모르는 이 길 위를 그칠 줄 모르고 빗물은 쏟아지는데, 관광버스에 앉아 봄의 정경을 즐

기는 일이 예사롭지 않다. 평화만 있는 나라, 꿈만이 아니
기를 기도한다.

그날
—6월 25일에

어렸을 적 외할머니 심부름으로 오빠와 함께 찾아간 곳은 지금의 서울 어린이대공원 근처 화양동에 있는, 그 당시 기동차 정거장 옆에 있던 큰 창고였다. 외할머니는 먹거리를 챙겨주시며 엄마에게 갖다 주라고 오빠를 심부름 보내는 길에 나도 따라나섰던 길, 우리가 갔을 때 그곳, 창고의 큰문을 누군가 열어 주었고 엄마를 만나 보았을 때 얼굴빛은 창고의 벽색인 시멘트색의 잿빛이 된 지쳐 있던 모습이 어렴풋하다.

엄마에게 듣기로는 마을에 갑자기 들이닥친 인민군 강압에 아버지가 인민위원장인가 하는 차지 말아야 할 완장을 본의 아니게 잠시 차게 되었다가 그마저 나중엔 도망을 쳤다는데 식구들에겐 해를 끼치지 않으려고 소식도 단절된 상태, 전황이 이리저리 밀리고 밀리던 판에 아군이 서울에 들어서면서 완장을 찼던 남편을 찾아내라며 경찰들이 엄마를 끌고 가서 그곳 창고에 가둬, 거꾸로 매달아 놓고 고춧가루 물을 풀어 코에 입에 넣어가며 가지각색의 심한 고문 끝에 의식을 잃었다가 깨어나기를 몇 차례나 반복, 남편의

생사도 모르는 전쟁판에 그들은 무슨 정답을 들을 수 있었을까,

  그러다가 종로경찰서로 넘겨 총살시킨다고 위협하며 잡혀온 사람들을 차에 실어 떠나려 하던 순간에 또다시 이북에서 쳐내려온다는 소식으로 감시자들이 우왕좌왕 흩어진 틈을 타 트럭에서 빠져나와 살았다는 엄마, 난리 통에 숨어 지내시던 아버지는 국군에 들어가 복무를 마치고 전역했다고 하는, 전쟁통에 서로가 뿔뿔이 흩어져 소식도 모르고 지내다가 전쟁이 끝난 후에야 서로 만나 알게 된 비극인지 희극인지 구분이 되지도 않는 그날의 우화 한 마당.

  그래서인지 엄마는 심부전증으로 오랫동안 치료를 받으시다가 결국 그 병으로 하늘나라로 가셨다. 아군도 적군도 모두 민간인 학살의 범죄자들이었던 그날의 참극, 다시는 이 땅에 반복되는 일 없기를 새벽마다 하나님께 빌고 또 빌어 본다.

다산 정약용 선생의 생가를 찾아서

　사월의 마지막 주일, 다산 정약용 선생의 생가를 찾던 날
은 부슬부슬 봄비가 내리고 있었다. 여기저기 지나는 길가
에 들어찬 음식점 간판들은 후줄근히 비에 젖어 풀죽은 모
습이고, 줄지어 선 가로수의 활짝 핀 벚꽃과 개나리 노란
꽃잎도 제 모습을 마음껏 자랑하지 못하고 꽃눈을 감은 채
지나는 길손을 맞는다. 오늘따라 비바람은 거세어 잔뜩 움
츠린 꽃잎들이 땅바닥에 떨어져 날리지도 못하고 소복이
흩어져 쌓여 있다.

　지나가는 길마다 나무들을 타고 내리는 빗물은 어제오늘

정약용 생가(여유당)

계속되고 있는 천안함 침몰 장병들의 장례행사에 맞추어 그들의 마지막 가는 모습을 배웅하는 눈물인 듯 끊임없이 내리고 있다. 하늘도 무심치 않았는지 바람마저 예사롭지 않아 봄 날씨치고는 강풍주의보까지 발령 중인 최악의 날씨인 것 같다.

그전에 한 번 찾은 적이 있는데도 찾아가는 길은 예전에 갔던 길과는 조금씩 달라진 것 같아, 가다가 묻고 또 물어서 찾아가던 중 낯익은 길에 들어섰으나 예전에 들렸던 초막 같았던 찻집은 없어지고 그 자리엔 다른 건물이 들어서 있었다. 마을 입구 들어가는 왼쪽에 마재성지의 안내판이 세워져 있어 차량의 통행이 가능할까 염려하며 좁은 길로 들어서니 다산의 형인 정약종이 살던 곳에 그의 순교 기념으로 세워진 성당이 아늑하고 아름답게 자리하고 있었다. 예쁘게 꾸며진 십자가상과 마리아가 아기 예수를 안고 있는 도자기로 만든 모자母子상이 찾아온 손님을 맞는다.

정약종 선생의 사진도 보고 십자가의 길을 돌아보면서 언덕으로 오르는 좁은 길을 나와 강변 쪽 마을로 들어서니 실학기념관과 다산거리의 팻말이 오랜만에 찾은 나를 반기듯 그 전에 보던 것과는 또 다른 모습으로 내 앞에 다가왔다.

실학기념관이 있는 남양주시 조안면 능내리는 예전엔 마현 혹은 마재로 불리던 곳이다. 이곳은 다산 선생이 태어나고 마지막 생을 마감하신 곳이다. 1762년(영조38년) 나주 정씨 재원載遠과 해남 윤 씨의 넷째아들로 태어나 어려서부터 영특하여 문자를 알았으며 칠 세 때에는 〈산〉이란 시까지 지었다 하고, 열 살 이전에 지은 시문을 모은 《삼미자집三眉子集》이 있었으나 현재는 전하지 않고 있다.

1777년 다산은 성호 이익 선생이 남기신 글들을 접하면서 학문에 뜻을 두게 되었다 한다. 문화관 입구 돌비에 새겨진 시문을 보고 있노라면 다산 선생께서 나라와 백성들을 위해 얼마나 고뇌하셨는지를 미루어 짐작할 수 있다.

《목민심서》에 나오는 "맑은 선비의 돌아가는 행장은 모든 것을 벗어던진 듯 조촐하여 낡은 수레에 야윈 말인데도 그 산뜻한 바람이 사람들에게 스며든다"는 글을 읽으면서 그분의 평소 생활이 얼마나 소박하고 검소하며 깨끗한 마음의 자세로 일생을 살았는가를 짐작할 수 있었다. 이 시대 우리에게 전하는 큰 교훈이 아닐 수 없다.

문화관과 뒤편에 있는 문학관을 돌아보며 실학을 집대성한 조선조 후기의 대학자의 면모를 엿볼 수 있었다. 문학, 정치, 경제, 역리, 지리, 의학, 철학, 교육, 군사, 자연과학 등 모든 학문 분야에 걸쳐 남기신 방대한 업적, 감히 넘볼 수 없는 학문의 큰 산이라 아니할 수 없다. 23세 나이에 진사 시험에 합격하여 성균관에 들어가 있을 때 정조는 그 사람됨을 보시고 총애를 했다 한다.

성균관에 있을 당시(1784년) 형수의 제사를 마치고 집으로 오던 중 다산과 사돈 관계에 있던 광암曠菴 이벽李檗(1754—1786)으로부터 처음 천주교를 접하게 되어 한때 심취하기도 했으나 성균관에서의 학업 등으로 인하여 학문적 관심 이상의 접근을 하지 못하였고 그 천주교 신앙과 서양 과학을 통해 새로운 세계를 체험하는 계기를 마련하기도 했으나 나중에는 그로 인한 시련과 좌절도 맛보게 되었다.

1789년 그의 나이 28세에 문과에 급제하여 벼슬길에 올라 1792년(정조16) 홍문관 수찬이 되어, 당시 축조 계획 중이던 수원성의 성제를 작성하여 올리고 거중기를 제작하여 국고와 시간을 대폭 줄이는 공헌을 했으며, 그 후 암행어사로 민심을 살피고 어려운 처지에 사람들을 도우며 지내다가 규영부奎瀛府 교서가 된 뒤 규장각에서 여러 서적을 간행하였다 한다.

1801년(순조1) 신유박해辛西迫害 때 천주교인으로 지목받아 다산은 포항의 장기로 유배되고, 셋째 형 약종은 옥사하고, 둘째 형 약전은 신지도로 유배되었다가 9개월 뒤 황사영 백서사건이 발생하자 서울로 불려와 조사받고 약전은 흑산도로 다산은 강진으로 이배되었다. 강진에서의 유배생활은 고통의 세월이었지만 학문적으로는 결실을 얻어, 500여 권에 달하는 그의 저서 대부분이 강진에서 이루어졌다.

18년의 유배생활 동안 흔들림 없이 후세에 빛나는 저서를 남긴 다산 선생은 천여 권의 장서와 함께 다산초당을 내어준 외가의 도움으로 학문 연구와 제자 양성에 전념할 수 있었으니, 다산초당이야말로 다산학의 산실이라 할 수 있게 되었다.

18년의 유배 생활을 마감하고 다시 찾았던 곳도 마현의 생가라 한다. 그의 나이 58세, 파란만장의 삶을 산 그는 마지막 17년을 고향에서 못다 한 학문을 조용히 정리하고 75세의 회혼일을 맞아 1836년 2월 자손과 친지들이 모인 가운데 눈을 감았다 한다. 한 시대를 치열하게 살다간 다산 선생의 발자취를 되짚고 있는데 마당 한 편에 책을 들고 앉아 있는 다산 선생의 기념 동상이 비바람에 씻기고 있었다. 우산을 쓰고 지나는 나를 지켜보며 무슨 말씀이라도 전하려는 듯하다.

문학관과 마주하고 있는 생가는 홍수로 떠내려가고 터만 남았다 한다. 1975년에 다시 복원했다는 안채를 돌아보고 밖으로 나오니 여유당與猶堂 현판이 붙여져 있다. 서재와 독서를 하며 쉬기에 알맞고 좋다 하여 붙여졌다는 여유당에서, 구도의 길과도 같이 치열한 학문의 길을 걸었던 그 시대의 선비를 다시 만나고 생각해 보는 시간을 뒤로하고 돌아서는 길에 계속 비바람은 불어대고 근처를 지나는 사람은 아무도 보이지 않는다. 생가 뒤쪽으로 난 동산 계단을 오르니, 늘어진 청솔가지는 꼬이고 휘어져 다산 선생의 지내 온 삶의 질곡을 말해주는 듯 출렁대고 있었다.

한 발 한 발 계단을 밟고 오르는 내 발이 천근같이 무거워지기만 했다. 다산 선생과 풍산 홍 씨의 잠든 동산에서 비문을 보다가 내려다본 팔당호는 사월의 푸르름으로 펼쳐져 비바람 속에서도 평온하기만 했다. 이 나라 강산의 목줄을 축여 주는 거기, 대 선비가 머물던 마을은 신비의 절경인 한 폭의 수채화 그림처럼 활짝 트인 팔당호를 한눈에 굽어보고 있다. 이미 그곳에서는 양수리 두물머리에서 합쳐진 남한강과 북한강이 서로의 이름을 잊은 채 한강이라는 하나의 이름으로 표묘縹緲히 흐르고 흘러서 마을 앞쪽을 싸고돌아 서해를 향해 간다.

(2010.4. 문화유적자료 참조)

실학기념관

아무랑 즐기는 수다의 미학

신을소

　시와 함께 짧지 않은 세월을 살아오면서, 가끔 시를 왜 쓰느냐는 질문을 받을 때가 있다. 그럴 때마다 그러한 질문이 돌출하는 상황에 따라 적당히 얼버무려 오곤 했다. 그런데, 고요한 새벽 내가 내게 "시를 왜 쓰느냐?"고 물어본 적이 있었다. 뜻밖에 돌아온 답변은 "수다 떨고 싶어서."라는 응답이었다. 특정되지 않은 "아무"에게 일방적인 수다, 답변도 반응도 기대하지 않고 혼자서 하고 싶은 말 다해 버리는 그런 자유를 누리는 재미에 시를 쓴다는 말이다. 사람들 사이의 대화에는 고려하여야 할 부수적인 감정의 절제나 예의 바른 태도, 그리고 즉각적인 대응에 따른 반작용의 질감을 다듬어야 할 사회적 태도가 요구되는데, 시작詩作에는 그런 제약으로부터 해방감을 누릴 수 있기 때문이라는 거다. 따라서 담론의 언어인 산문이 아니라, 닫힌 세계의 출

구이자 모든 억압된 것들의 해체를 부르는 주문인 시어가 수다의 가장 좋은 질료일 수밖에 없지 않겠는가? 어쩌면 내 삶의 저변을 형성하고 있는 신앙, 그 절대자에 대한 기도이기도 할 터인 내 수다—시의 발화는, 바람 빠진 풍선의 모양을 하고 있으면서 늘 팽만을 의욕 하는 도상에 떠 있을 뿐이지만 가끔은, 의당 격려와 의례적 수사이긴 하지만 뜻밖의 찬사를 듣기도 한다.

"감사의 시학을 통해 참 존재의 의미를 확인시키려고 고뇌하는 신을소 시인이야말로, 이 땅의 예언자적인 실체로서 어디까지나 겸허한 몸짓으로 생명의 소중함을 실증해주는 진정한 예인藝人이다. 또 그는 천성적으로 따뜻한 심성의 소유자이기에 한 마디로 참 좋은 시인이다. 어디까지나 알프레드 테니슨이 "시인의 명성을 갖는 것보다 시적인 가슴[詩心]을 갖는 것이 훨씬 중요하다."라는 지적만큼이나, 항상 그 자신의 영혼의 잔은 유한적이고 지상에 속한 이기적인 것을 채우려고 땀 흘리는 데 있지 아니하고, 놀랍게도 단절과 애증이 아닌 열림과 통섭通涉을 추구하는 시적 상상력의 소유자이기에 끝내 품격은 돋보이고 그 의미는 지대하다."는 엄창섭 교수의 분에 넘친 찬사나, "우리 시대의 마지막 보루는 시인의 청결한 영혼이어야 한다. 혼탁해지고 정보화되고 다양화되어 혼란스럽기만 한 우리 시대에 시인의 청결한 영혼이 청량제가 되어야 한다. 그것을 가능해지게 하는 시는 서정시다. 영혼이 없는 시대에 사는 노마드들이지만 어떤 이유로든 이 사실은 불변해야 한다. 그러한 사실들을 신을소 시는 명증하게 환기해 준다."는 유한근 평론가의 시평에 긴장하기도 한다.

몇 년 전 〈나의 문학〉이라는 청탁 글에서 "문학은 정직해야 합니다. 정직해야 된다는 당위의 측면이 아니라, 그 존재의 속성이 정직 자체라는 말입니다. 시를 쓰는 일이 삶의 외피를 장식하는 도구가 되는 일은 없어야 한다는 생각입니다. 시인이라는 명함이 사회적 입지를 확장하거나 장식하는 방편일 수는 없습니다. 문학은 목숨을 걸어야 할 열정의 대상이지 여기나 또 다른 이념의 실현을 위한 징검다리로서 할 일은 아닙니다."라고 내 문학관을 이야기 한 적이 있다. 언제까지 이 수다를 계속할 수 있을지는 나도 모른다. 삶의 시공이 나를 보듬고 있는 한, 그 내실과 외연의 진폭이 어떠하든 내 수다의 진자는 계속 운동을 지속할 것이라는 점만은 분명하다.

자연 그리고 사람살이

모든 글쓰기가 그러하듯 시작 역시 경험과 상상력의 산물이다. 좋은 시를 쓰려면 많은 경험이 필요하다는 말인데, 나는 그러한 면에서는 경험의 장이 무척 협소한 편이다. 가정과 교회 그리고 학교 외는 다른 사회 분야로 나가본 적이 별로 없다는 데서 경험치의 왜소성을 인정하지 않을 수 없다. 또한 경험의 잔재라 할 기억도 없이, 기억된 것을 고쳐 쓰는 상상력을 펼친다는 것도 역시 제약을 받을 수밖에 없음은 자명한 일, 그래서 박이도 선생께서 "신을소 시인의 시적 관심사는 초기 시집에서 보여주던 여린 감성의 울타리 안에서 밖으로 뛰쳐나와 거친 세상 속으로 여행하듯 모든 사물이 기이하고 새롭게 인식되고 있다. 마치 그녀의 삶이 정원의 꽃밭에서 감미로운 음악을 들으며 꽃을 가꾸던 공주와 같은 것이었다면 이제 거친 세상으로 나가 자신의 존재감을 확인해 보는 것이다."라고 하신 말씀의 함의를 되새겨보지 않을 수 없었다. 그럼에도 불구하고 나는 아직도 내 다니던 길만 반복해서 오갈 뿐 더 큰 길로의 일탈은 꿈꾸지 못하고 있다. 그래서 아직도 어린 날의 정서에서 탈출하지 못하고 첫눈을 기다리고 있는지도 모른다.

어둠에 저항이라도 하듯
하얗게 내리는 눈송이
모두가 잠든 새벽, 소록소록
눈이 내린다

〉
언제부터 내렸을까
대지의 형상을 지운 눈밭 위에
까만 눈썹 수라도 놓으면
살포시 뜨는 눈망울, 긴 겨울 잠들기 전
새봄을 예고하는 계절의 마지막
눈짓이라도 볼 수 있을까
아침이슬 머금은 풀꽃처럼
촉촉하게 빛나는
그 눈빛으로

첫눈이 찾아왔다
내 어린 설렘과 함께.

—시 〈첫눈〉 전문

아직도, 몸과는 달리 소녀 취향에 젖는 일이 많다. 특히 여행이라도 나서면, "내 온 생이 안개 속인 양/지나온 발자국이 모두 지워지는 느낌이다/절박했던 감각의 조각들만 남아 있고/줄거리는 모두 사라져 버린 지난밤 꿈처럼(《강릉 옥계 해변》 부분)" 현실 감각을 잃기 일쑤다. 생일을 맞아 동해 안을 여행하면서 옥계에 있는 호텔에서 1박을 하고 난 익일 새벽 바다를 보던 감회다. 죽변을 거쳐 포항을 둘러 오는 며칠간도 그런 들뜬 마음으로 보냈다. 죽변 바닷가에서 "뭍으로 뭍으로 바닷물을 퍼 나르는/시지포스의 몸짓,/사는 일은 늘 그런 거라고/눈앞의 현실이 전부이듯 마음 써온 일들, 그/부질없음의 지난 일들은 잊으라고/바람 한 마당 지나고 나면/아무런 일 없었던 듯 잠잠해질 바다/파도는 파도일 뿐,(〈파도〉 부분)"이라고 나와 주변 사람들을 아울러 위로하기도 하고, 그 바닷가에서 혼자 술을 마시고 있는 여인을 보며, "저 넓은 바다의 뜨거운 가슴으로도/품어 줄 수 없는/사람이라서 사람들과 엮어가는/서사 한 도막/파도마저 숨죽인 채/언어가 소멸한 자리에서 비로소 발화되는/그 말을 읽(〈바닷가에서〉 부분)"으며 남의 내심을 훔쳐보기도 했다.

우린 그렇게 만났고 조금씩
잃어가고 있다

노을 끝자락이 석양에 이끌리듯
하루를 닫으면 어느덧 내일이 열리고
영원한 만남이란 없는 것

이별이란 다만 공유하던 공간의 어긋남
예정에 없는 필연의 발걸음
그렇게 만났다 잃어가고 있는

사랑했던 기억도 아파하던 지난 일들도
살면서 한 번쯤 앓는 심한 열병처럼
그렇게 바람처럼 왔다가
바람으로 지나가는 우리

〉

언제나 타인
한 번도 주인이었던 적 없는.

—시 〈나그네〉 전문

여행길에 나서면 다수의 사람을 만나고, 사귀고, 그리고 헤어진다. 짧은 여행에서의 이별을 슬퍼하거나 아파하는 사람은 많지 않을 것이다. 그러나 가족이나 친지들의 긴 인연이 멈춤의 신호를 받을 때의 감정은 이와 같지 않을 것이다. 이 경우의 "공유하던 공간의 어긋남"은 가끔 우연이라는 필연으로 다가오고, 비로소 우리가 이 땅의 주인이 아니라는 인식에 이르게 된다. "들어오지 마라, 등 떠민들/제멋대로 생긴 성깔/누가 뭐라 한들, 무슨 소용 있나./문 열렸으면 내 집이지.(〈바람의 집〉 전문)" 바람은 차라리 머물지 않는 속성 때문에 모든 공간을 모두 자신의 집으로 소유권을 획득할 수 있다는 역설, 무한한 소유욕으로 갈등하는 인간의 삶에 투사해보기도 한다.

함께, 더불어 그리고 잠시 머물기

"여린 감성의 울타리 안에서 밖으로 뛰쳐나와 거친 세상 속"으로 시선을 돌리는 순간의 당혹감을 잊을 수 없다. 이 세상은 이미 치유 불능의 질환을 앓고 있고, 나 역시 이미 그 질병의 세균에 감염되어 있다는 자각 때문이었다. 싱싱한 송어회를 젓가락으로 집다가 "생명을 위해/다른 생명이 길러지는 현장에서/그 생명의 소모를 즐기는 인간이라는 동물, 갑자기/내가 무섭다.(〈송어양식장〉 부분)"는 생각에 젖기도 하고, 때로는 돈보다 자신들의 정성을 팔겠다는 식당에 가서 "썩고 병든 것들의 소식으로 차고 넘치는 세상, 그래도/이 땅이 아직 살 만한 곳이라고 불리는 이유/조금은 알 듯도 하다.(〈맛과 소중한 짓〉 부분)"는 깨우침에 안도하기도 한다. 지인들과 주고받는 작은 정성 위에 "서로 나누며 사는 일, 하늘도 감동한 듯/장마철 햇볕 한 아름/빨랫말미로 건네주(〈선물〉 부분)"는 하늘에 감사하기도 하고, "생명은 생명을 낳고/생명은 또 다른 생명을 살찌우는/오늘도 이 땅 위를 운행하는/순환의 굴레(〈감사〉 부분)" 속에서 "오색의 무지개/빛과 빛 사이 깨끗하고 정갈한/결실의 보고서를 쓰듯/펼쳐 보여주는//어느 인생의 멋진 삶(〈저녁노을〉 부분)"을 꿈꾸어 보기도 한다.

아이가 핸드폰에서
보여주는 사진 한 장

외국 어디쯤에서나 볼 수 있을 듯한,
서울 한복판에서 펼쳐지는
그것도 장시간 줄을 서서 기다려야 맛볼 수 있다는

십만 원 넘는 햄버거 한 개의 값

몇백 원이라도 아끼려 재래시장이나 마트를
이리저리 순회하며 장을 보는
소시민들 지갑으로는 상상할 수 없는
우리네 일상의 삶이 굴절되는 분기점
늘 일방통행 하는 돈의 속성 탓일까,
하기야 달나라 여행을 가기도 하는데

근검절약이 미덕이던 우리네 살림살이, 이젠
소비가 미덕이라고
광고마다 '무엇이 달라도 다르겠죠'
끈질긴 유혹의 몸짓은 멈추지 않겠으나
내 좁은 가슴으로는 아무래도
그 햄버거 가게를
찾아갈 일은 없을 것 같다.

―〈낯선 풍경〉 전문

누가 무어라 하든, 이 땅은 이미 회복할 수 없을 만큼 양
극화한 빈부의 격차로, 이 시대의 화두인 '공정과 상식'이
안주할 자리가 없다는 사실 만큼은 분명하다. 시장의 논리
로는 극복할 수 없는 자본주의의 그늘, 그 자리를 따뜻하게
할 햇볕은, 그 햇볕을 독점하고 있는 자들의 선의에 맡길
수밖에 없다. 비싼 햄버거 가게 앞에 줄선 사람들이 거기
서 있는 내면의 정서는, 맛 때문일까? 사회적 위상의 좌표
를 확인하고 싶은 과시욕일까? "나무나 사람이나/제 설 자

리는 잘 가늠해야 할(〈두릅나무〉부분)" 일이다.

하나님, 어머니 그리고 가족

"내 사유의 첨점尖點은 언제나 하나님이시다. 실제의 삶에서는 그렇지 못할 때가 많지만, 나의 바람은 삶 자체가 신앙이고, 삶 그대로가 찬양이고 기도며, 신앙고백이기를 소망한다. 그러다 보니 자연스럽게 내 시의 여백은, 시선이 안으로 향할 때는 신앙고백으로, 밖으로 향할 때는 기도로, 대상에 머물렀을 때는 하나님의 위대한 창조 사역을 향한 찬양으로 채워질 수밖에 없다. 내 삶의 부피만큼, 내 신앙의 색깔만큼 자신을 현시하는 작업, 그것이 내 시작이요, 삶이며, 신앙이다."라고 예전에 쓴 어느 글에서 내 시에 대한 태도를 밝힌바 있다. 그 생각에는 변함이 없다. 거기에 세월이 갈수록 이 땅에 계시지 않아 더욱 그리운 어머니, 그리고 자녀들이 내 의식의 세계를 오래도록 지배한다.

팔순이 한참 넘은 연세에도 딸자식 모습
한 번 더 보려고 베란다 창 앞에서
흔들어 대시던 내 어머니

힘 빠지고 주름진 얼굴에 구부정한 허리까지

흙이 좋아 밭에 나와 앉아 있으면
마음이 편안하시다며, 처음엔
취미 삼아 하시던 일이 어느덧 농부 아닌 농부 되어
해가 갈수록 늘어나는 농작물들

여기저기에 나누어 주고 싶어서
가을걷이가 끝날 때면 무리한 탓에
병원 신세를 지면서도, 그러지 마시라 말려도
다음 해가 되면 또다시 되풀이하는 몸의 혹사,

올봄에 나도 취미로 서너 평 텃밭을 가꾸면서
어머니 마음을 헤아려 본다

있을 땐 몰랐다
내 어릴 적 술래잡기하던
앞마당의 그 느티나무.

—〈어머니〉전문

　내 어릴 적만 해도 서울의 변두리로 시골 풍경을 그대로
지니고 있었던 고향 마을, 집 앞 바깥마당 한복판에 아름드
리 느티나무가 있었다. 동네 애들의 놀이터, 산업화의 개
발 바람에 아파트가 들어서고 느티나무는커녕 마당조차 흔
적이 없다. 지날 때마다 허전했던 마음, 어머니의 부재에
비길까마는, 그런 정서에 근접한 가슴 속 소용돌이가 입속
에 겨우 차는 목소리로 어머니를 불러본다. 그런데 요즘은
그 어머니 자리에 어머니보단 손녀들이 찾아오는 일이 잦

다. "어떻게 생겼을까/나와는 아직 대면치 않은 손녀/아직은 인큐베이터에서 할딱할딱 숨 쉰다는/핏덩이 생명(《손녀이야기》부분)"을 걱정하기도 하고, 때로는 "하늘 아래 땅을 밟고 사는 동안, 진실 하나로/어떠한 말도 필요 없는 믿음 안에서/세상 앞에 설 수 있기를(《끈》부분)" 당부하는가 하면, 직장 가까이 방을 얻어 나간 손녀의 근황이 궁금해 "이 비 그치면/날씨는 서늘해지겠고/겨울 추위는 곧 닥쳐올 텐데/잘 견딜 수 있을까, 방은 따스한지/너를 만나러 가봐야겠다.(《이 비 그치면》부분)" 다짐하는 그 애가 이태리 여행을 할 만큼 성장하였음에도 불구하고 "아직도 내 눈엔 열두어 살 어린애일 뿐인데 다 컸다고, 어디든지 제멋대로 날아가버리는 너, 대견하면서도 더욱 쓸쓸해지는 나와 너의 채울 수 없는 비대칭의 사랑의 계곡.(《너는》부분)" "돌아올 시간은 지났는데 아직/돌아오지 않은 아이,/우산은 챙겼을까,(《폭우》부분)" 노파심만 불어나는 영락없이 늙어가는 할머니의 모습이다.

우리 서로 눈빛을 보아요
저 깊은 바닷속을 보듯

창세전에 그분께서 만드신
세상의 질서, 그리고
우리 인간을 만드시고 보시기에

참 좋았더라 하신 말씀

하나님의 형상대로 지어져
그분의 뜻에 따라 살아가야 할 우리
서로 눈빛을 보아요

깊고 푸르게 빛나는
저 바닷속 은밀한 생명의 약동처럼,
너와 나
그 원초의 눈망울.

그 순수를,
그 평화를,
그 무한을.

―〈눈빛〉 전문

낙원으로의 회귀, 태초에 하나님이 만드신 그 질서로의
복귀를 기도하면서 우리 안에 있는 그 원초적 순수를 확인
하고 싶은 마음으로 서로를 응시하다 보면, 이 세상도 경쟁
의 광야가 아니라 함께 그리고 더불어 살아가는 공동의 장
이 되지 않을까?

'이리와 양이 함께 먹고
사자가 소처럼 짚을 먹으며
뱀이 흙을 양식으로 삼을'
돌아선 그 자리
일용할 양식을 구하는 입들을 풍족케 하여 주시고

내일을 위해 거두는 만나를 모두 썩게 하시던
그날처럼
이 빈부의 양극화를 해소해 주시고
온난화로 병들어가고 있는 이 땅을 살리시며
사람들의 마음에서 포악을 제거하여 주소서.

—〈새해의 기도〉 부분

해가 바뀔 때마다 떼쓰듯 드리는 기도에 이젠 하나님도
귀찮으셔서 들어주실 만한데, "조국은 건망증이 심해도/조
국을 잊지 못하는 할머니들의 한숨/올봄에도 서쪽에서 오
는/황사가 짙어가는 빌미가 아닐까.(〈도문의 할머니〉 부분)" "여
행길에서 비로소 인식하는/뚜렷한 사계절의 갈피갈피 채
워온/이 땅에서의 서사, 그리고/멀어지면 멀어질수록 선명
해지는 그 이름/내 조국(〈Singapore에서 그녀〉 부분)"의 사정은
별로 나아지는 것 같지 않다. 그래서 나도 나이를 거꾸로
먹기로 작정하고, 이 땅의 현실을 어릴 때 아빠에게 일러바
치듯 하나님께 일러바치기도 한다. 이웃 나라의 핵 오염수
방류에 대해 미지근한 태도, 취하고 있는 자들을 고발하
며, "하물며 그들은 우리 할아버지를 도륙하던 사나운 사
냥개 족속이 아니던가, 육식보다 생선을 좋아하는 나는 아
무래도 섬강에서 잡은 메기랑 미꾸라지나 먹으면서 바다
생선에 대한 식욕을 다스려야 할 것 같다(〈메시지〉 부분)"고
엄살을 떨기도 하고, 마침내는 토라져 하나님 말씀마저 들

지 않겠다고 떼를 쓰기도 한다.

> 연일 쏘아대는 미사일과 핵잠수함, 항공모함의 과시, 새 정부 5
> 년을 다시 지켜보려는 이 나라 국민 앞에 벌써 실망만을 안겨주고
> 있는 오만과 독선의 그늘,
> "내 백성을 위로하라"
> "내 백성을 위로하라"
> 기다릴 만큼 기다렸습니다. 이 백성을 위로할 주체, 언제까지 그
> 를, 그들을 기다려야 합니까? 이젠 때가 차지 않았다는 말은 듣지
> 않겠습니다.
>
> —〈기다렸습니다〉 부분

이 땅의 기독교의 위상을 이토록 처참한 모습으로 이끈
일부 타락한 종교 지도자들에 대해서는 "거룩한 척 위장한
삯꾼/우상 숭배자가 자신일지도 모른단 사실,/한심하여
라//제 흥에 취해 부르짖는 자칭 지도자여, 그대의 심판
은/그 나라에서만이 아닌 이 땅에서도 받을(《어떤 춤꾼에게》 부
분)" 것임을 확신하면서도 "지금도 해마다 농지경작에서 얻
는 돈으로 장학금도 지출하고 마을 경영에 참여하는가 하
면, 마을 사람들의 스승으로 서서 몇백 년의 흐름을 묵묵히
비바람의 찬 서리에도 봄이 오길 기다리는 사람들 마음속
까지 헤아리며 마을을 지키는 수호신이기도 하다. 세계적
으로 유례없이 인격이 부여된 이 나무 앞에 서면, 사람이
사람인 것이 민망해서 공연히 헛기침만 하다 돌아선(《석송

령〉 부분)" 지점에 이르면, 그게 어찌 나무의 의지이겠는가?
그 나무의 뜻이라는 가상의 기치 아래 사람끼리 마을 공동
체로 연합하여 함께 살아가는 집단지성의 예지를 허락한
하늘의 의지가 아닐까 하는 생각으로 인간 미래의 희망을
곁눈질해 본다.

태어난 고장이 어디며
나이는 몇이냐고 묻는

이것저것 궁금해 하는 질문 앞에
세월을 먹어 버린 주름져가는
겉모습과 내세울 것 하나 없는
이력서의 행간

채울 수 없었던 욕망과
배반의 시간
잃어버린 것과 얻어진 것에 대하여
나는 무엇이라 대답해야 하나

행복하십니까 하는
질문을 받을 때마다
그런 것 같다고 주억거리긴 하지만
어딘지 정체 모를 빈 공동에서
불어오는 한 줄기 바람

내 이성으론 제어되지 않는

욕심 많고 인색한
심술쟁이일지도 모른다는 자각
나도 내가 누구인지

개구리 해부하던 실험실, 그날처럼
더 꼼꼼히 헤집어 볼 일이다.

　　　　　　　　　　　　―〈내가 나를 모르겠다〉 전문

　사람 사는 곳에서 사람의 속성을 뛰어넘는 초월적 가치를 추구하고자 하는 소망으로 하나님을 만나고 시를 만난다. 내 어린 날 외할아버지 앞에서, 할아버지는 전혀 관심이 없었을, 바깥에서 겪은 내 이야기로 수다 떨 듯 하나님 앞에서 수다 떠는 게 내 기도이고, 대상 없이 나 혼자의 재미에 취해 읊어대는 게 내 시일지 모른다. 정제되지 않는 사유의 돌출이나 앞뒤의 맥락이나 주어 없는 술어의 무한 질주가 수다의 속성이라면, 내 시도 그 범주를 배회할 듯하다. 그러나 이 대상 없는 수다, 누군지도 모르는 아무에게나 경청을 강요하지 않고 보내는 기표, 기의마저 찬탈하는 그 기표가 무인 지대의 황야에서 어쩌다 잡히는 전파처럼 아문가의 수신기를 통해 발화될 수도 있을 것 같아 시 쓰는 일을 멈추지 못한다.

신을소 시집

낯선 풍경

인쇄 2023년 9월 25일
발행 2023년 9월 30일

지은이 신을소
발행인 이노나
펴낸곳 인문엠앤비
주소 서울특별시 종로구 북촌로4길 19, 404호(계동, 신영빌딩)
전화 010-8208-6513
이메일 inmoonmnb@hanmail.net
출판등록 제2020-000076호

ISBN 979-11-91478-24-2 03810

값 11,000원

* 이 시집은 원주문화재단의 후원으로 발간되었습니다.